Außerdem in dieser Reihe erschienen:

Yoda ich bin! Alles ich weiß!

Darth Paper schlägt zurück

Star Wars Wookiee – Zwischen Himmel und Hölle

Papp-Jabba greift an

Prinzessin Origami-Leia – Rettung in Sicht!

Falt2-D2s Buch zum Kritzeln, Krakeln und Knicken

TOM ANGLEBERGER

BAUMHAUS VERLAG

IMPERATOR GURKATINE GIBT GAS

EIN ORIGAMI-YODA BUCH

MIX
Papier aus verantwortungsvollen Quellen
FSC® C014496

Die Cover- und Titelillustrationen sind von Tom Angleberger
und Jason Rosenstock. Alle sonstigen Illustrationen
sind von Tom Angleberger.
Buchdesign: Melissa J. Arnst
www.origamiyoda.wordpress.com

Das Buch erschien erstmals 2015 in englischer Sprache
mit dem Originaltitel „Emperor Pickletine Rides The Bus.
An Origami Yoda Book“ bei Amulet Books,
einem Imprint von ABRAMS, New York. www.abramsbooks.com

Für die deutschsprachige Ausgabe:

Übersetzung aus dem amerikanischen Englisch: Dr. Dietmar Schmidt
Lektorat: Greta Steenbock
Umschlaggestaltung auf Basis des Originals: Tanja Østlyngen
Umschlagmotiv: Tom Angleberger/Jason Rosenstock
Satz: Helmut Schaffer, Hofheim a.Ts.

DIESES BUCH IST CECE, CHARLIE, OSCAR, TUNA, S. M. GEWIDMET

… UND MIR AUCH, DENN SCHLIESSLICH HABE ICH DIESEN WILDEN RITT MEHR GENOSSEN ALS IRGENDJEMAND SONST!

AUSFLUG!

VON TOMMY

Diese Fallstudie handelt nur von unserem Ausflug!

Dem Schulausflug nach Washington, D.C.

Dem Ausflug, auf den wir uns das ganze Jahr lang gefreut haben.

Dem Ausflug, der wegen der Lernfortschrittstests gestrichen wurde.

Dem Ausflug, um den wir gekämpft haben und der jetzt doch stattfindet!

Dem Ausflug, der total stooky mit Waffeln und Dinosauriern drauf wird, wie Murky sagen würde. (Nur dass Murky nicht mit nach Washington kommt,

weil er in der Sechsten ist. Aber das ist okay, er fährt woandershin.)

Dem Ausflug, mit dem es nur ein klitzekleines Problem gibt.

Rabbski hat ein Origami-Verbot verhängt.

(Na ja, sie hat sogar eine ganze Menge verboten: keine Handys, keine Digitalkameras. Keine öffentlichen Zuneigungsbekundungen. Keine Limonade. Keine orangefarbenen Snacks oder Getränke. Keine Erdnüsse (allergiebedingt). Kein ORIGAMI!)

Aber Panik macht uns nur das Origami-Verbot.

Jetzt werden sicher einige denken: „Keine große Sache."

Bloß, für uns IST es eine große Sache.

Einige werden sicher meinen: „Ich käme auch mal einen Tag ohne Origami aus, kein Problem." Einige Menschen kommen ja sogar Tage, Wochen, Monate – ihr ganzes trauriges Leben lang – ohne Origami aus.

Aber uns macht schon ein einziger Tag ohne Origami Angst.

Was sollen wir denn tun, wenn es Ärger gibt?

Schulausflüge sind gefährlich: ein Haufen Kinder, die auf der Hinfahrt vier Stunden lang in

einen Bus gestopft sind, und dann noch mal vier Stunden auf dem Rückweg. ALLES kann da passieren.

Fragt doch Quavondo! Nach dem letzten Ausflug in den Zoo hatte er den Spitznamen „Erdnussflipschwein“!

Auf dem gleichen Ausflug haben sich Amy und Sara verkracht, noch bevor wir an der Schule losfuhren. Sie haben den ganzen Tag kein Wort miteinander gesprochen … obwohl sie nebeneinander sitzen mussten.

Und im Geschenkeladen des Zoos hat Lance irgendwas kaputt gemacht.

Und Kellen und ich mussten uns von einem Zoowächter einen Vortrag anhören, obwohl wir ABSOLUT NICHTS gemacht haben. (Na ja, jedenfalls fast nichts.)

Und Jen hat fünfzehn Dollar und ihren Freund verloren. Und Mike hat wegen nichts geheult. Und so weiter.

All solche Sachen sind uns STÄNDIG passiert – bis Origami-Yoda kam.

Dwight hat ihn kurz nach diesem Ausflug zum ersten Mal mit in die Schule gebracht, und Ori-

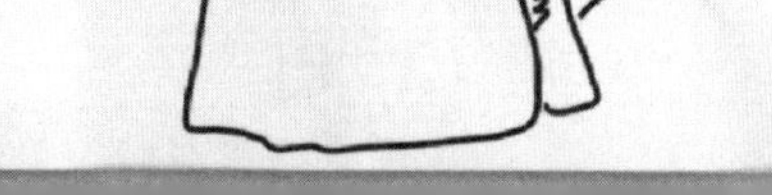

gami-Yoda hat uns von Anfang an unglaublich gute Ratschläge gegeben. Um die Probleme vom Ausflug zu lösen, war es zwar für die meisten zu spät, aber wenigstens Quavondo ist seinen Spitznamen wieder losgeworden.

Und seitdem hat Origami-Yoda uns eine Million Mal geholfen, hat mir fast so was wie eine feste Freundin verschafft, hat den DIESjährigen Schulausflug gerettet. Und als Origami-Yoda uns nicht helfen konnte, hat anderes Origami seinen Job gemacht, zum Beispiel Saras Wookiee-Prophet und Amys Falt2-D2 und mein Falzi-Wan Kenobi und so weiter.

Im letzten Jahr haben wir uns sehr daran gewöhnt, bei allen Problemen, die sich uns stellten, Hilfe von unserem Star-Wars-Origami zu bekommen.

Und jetzt sollen wir Origami-Yoda und alle anderen zurücklassen?

„WUG!“

„Neeeeeeinnnn!“

„Ich hab da ein ganz mieses Gefühl.“

TRAURIGES PFEIFEN!

„Ich mag Nüsse!“

Wir haben Rabbski angefleht, es sich anders zu überlegen. Sie ist in letzter Zeit ziemlich freundlich, man kann richtig mit ihr reden. Nur dieses Thema anzuschneiden bringt gar nichts.

„Es tut mir leid, aber das ist mein letzter Ausflug als Rektorin, und ich werde nicht mit euch durch die Hauptstadt unseres Landes ziehen, während ihr Papierpuppen an den Fingern habt und im Weißen Haus ‚Möge Die Macht mit dir sein' grölt. Ihr repräsentiert unsere Schule und …"

Sobald ein Erwachsener der Meinung ist, man würde irgendwas repräsentieren, entscheidet er aus irgendeinem Grund, dass man es repräsentieren sollte, indem man so still und langweilig ist wie nur möglich. (Allerdings hatte sie recht, wir würden im Weißen Haus „Möge Die Macht mit dir sein" rufen. Ich kann mir Lance sehr gut dabei vorstellen.)

In dieser Fallstudie geht es also darum, wie und ob wir unseren Ausflug ohne Origami überstehen … und sogar ohne Origami-Yoda.

Kommentar Harvey

Rabbski ist vielleicht netter geworden, aber sie ist auch schlauer.

Seht ihr, ich habe mir gar keine Sorgen um das origami-Verbot gemacht, weil ich meinen KIRIGAMI-General-Grievous mitbringen wollte (der übrigens toll geworden ist).

Aber dann, nachdem sie Tommy zum ungefähr zehnten Mal gesagt hatte, dass origami verboten ist, sah sie mich plötzlich an und fügte hinzu: „Und auch kein KIRIGAMI."

Tommys Kommentar: Ja, sie ist in letzter Zeit ganz schön hart. Man sollte meinen, sie wäre ein bisschen entspannter, seit sie entschieden hat, nicht mehr als Rektorin zu arbeiten. Aber vielleicht muss sie das noch aus dem Kopf kriegen. Ich hoffe, sie ist damit durch, wenn sie nächstes Schuljahr unsere neue Mathelehrerin wird. (Übrigens heißt es, dass Mr Randall neuer Rektor wird! Das wäre super! Allerdings gibt es auch ein Gerücht, dass Mr Howell das Amt übernimmt, aber das ist zu schrecklich, um auch nur darüber nachzudenken.)

ORIGAMI-YODA UND DER BUSPARTNER

VON TOMMY

Dieses Kapitel ist geheim. Ich kann es nicht in die Fallstudie setzen, weil das gegenüber einer bestimmten Person extrem gemein wäre. Aber es ist ein wichtiges Kapitel, das ihr kennen müsst, denn wie Origami-Yoda sagte:

„Schicksal des Ausflugs davon abhängen wird …"

Das sagte er ungefähr eine Woche vor dem Ausflug in der ersten Stunde bei Miss Bauer, unserer Klassenlehrerin.

Der Unheil verkündende Unterton in seiner Stimme gefiel mir gar nicht.

Miss Bauer gefiel es nicht mal, seine Stimme zu hören.

„Dwight, würdest du dich bitte umdrehen, die

Puppe weglegen und zuhören?“, bat sie ihn, nur dass sie natürlich gar nicht bat. „Ich möchte, dass ihr alle genau zuhört, denn ich will es euch nur einmal erklären. Es geht um die Sitzordnung für die Stufenfahrt.“

Ich wurde sofort aufmerksam. Origami-Yoda hatte recht! Das war wichtig. Die Sitzordnung kann einen Ausflug supercool oder superätzend machen und sie festzulegen ist SEHR kniffelig und kompliziert. (Wie sich herausstellte, noch kniffliger, als mir klar war.)

„Du hast Falzi-Wan dabei, oder?“, fragte Origami-Yoda.

„DWIGHT! Ich habe dich gerade gebeten, dich umzudrehen und still zu sein. Weg. mit. der. Puppe! Ich bitte dich nicht noch einmal darum!“

Ich hatte Falzi-Wan natürlich dabei, aber blöderweise fragte ich ihn nicht um Rat. Ich dachte, ich brauche ihn nicht. Und was glaubt ihr? Ich brauchte ihn. Und wie!

Miss Bauer sagte uns, dass wir uns aussuchen sollten, neben wem wir sitzen wollten. Aber ehe ich euch erzähle, was sie sagte, muss ich euch warnen: Leider kommt darin oft das Wort „Partner“ vor.

„Der Stufenausflug wird nach dem Partnersystem organisiert“, sagte Miss Bauer. „Ihr sitzt neben eurem Partner im Bus, bleibt den ganzen Tag zusammen und behaltet euch gegenseitig im Auge.“

„Weise wählen du musst“, sagte Origami-Yoda zu mir.

„DWIGHT! Okay, du gehst für den Rest der Stunde in den Nachsitzraum. Nimm deinen Laufzettel …“

Dwight nahm seinen Laufzettel und faltete ihn schon zu etwas, ehe er zur Tür hinaus war. Wir hatten diese Szene so oft mit angesehen, dass sie für uns schon fast normal war. Eine Zeit lang hatte Dwight entsetzliche Angst vor Schwierigkeiten gehabt, aber seit dem Erfolg der Rebellion war er wieder in seine alte Gewohnheit verfallen, so ziemlich alles zu tun, was ihm gerade in den Sinn kam.

„Wie ich gerade sagte, sucht ihr euch einen Partner aus, und ihr und euer Partner tragt euch dann in einen Partnerklub ein, je nachdem, welches Museum ihr besuchen wollt. Also sucht euch auf jeden Fall einen Partner und einen Partnerklub mit den gleichen Interessen wie ihr!

Gut, bis es klingelt, dürft ihr euch leise darüber unterhalten."

Sofort erfüllte ein ohrenbetäubendes Stimmengewirr den Klassenraum.

„LEISE!!!!!", brüllte Miss Bauer.

Kellen drehte sich zu mir um. „Luft- und Raumfahrtmuseum, oder?"

„Äh ...", antwortete ich. Das war ein bisschen peinlich.

Ich hatte nicht damit gerechnet. Mir war nicht klar gewesen, dass wir uns sofort entscheiden sollten. Ich meine nicht fürs Museum – natürlich nicht –, sondern für den „Partner".

Mit Kellen nach Washington zu fahren würde Spaß machen. Aber mit Sara ... Das wäre auch super und würde vielleicht sogar noch mehr Spaß machen. Wir hatten noch nie miteinander abgehangen, ohne dass jemand von unseren Eltern – meistens ihre Mutter – in der Nähe war. Und selbst dazu war es nur ein paar Mal gekommen.

Mir kam es vor wie die ideale Chance, Spaß zu

haben und außerdem … die Sache mit uns irgendwie offiziell zu machen. Und solange das hier ein Geheimkapitel bleibt, kann ich es ja auch sagen: Ich könnte mir schon vorstellen, dass wir uns nach einem tollen Tag, wenn es im Bus dunkel wird, tatsächlich … Na ja, ihr wisst schon. Sogar in einem geheimen Kapitel schreibt sich das nicht leicht. Aber vielleicht, ganz vielleicht hätten wir … unseren ersten Kuss. Das würde die Sache definitiv offiziell machen. Und dann wäre es wirklich der beste Tag von allen.

Aber … wollte ich dafür Kellens Gefühle verletzen?

„Ich fürchte, ich wollte Sara fragen“, sagte ich.

Doch Kellen war gar nicht so wütend, wie ich gedacht hatte.

„Ach so … klar … das ist stooky, ich meine, ich würde dich fallen lassen wie einen heißen Mynock, wenn Rhondella mich fragen würde, ob ich neben ihr sitzen will. Ich würde sie sogar fragen, wenn ich die leiseste Chance hätte, dass sie Ja sagt.“

„Die Chance beträgt annähernd zehn Kamilliönen zu eins", sagte Lance mit seinem C-3PO.

„Sag mir nie, wie meine Chancen stehen", erwiderte Kellen. „Das ist viel zu deprimierend."

Na, jedenfalls fühlte ich mich schlecht, weil ich Kellen zurückwies, und ich glaube, Lance hatte auch Mitleid mit Kellen, denn die Chance, dass er neben Amy sitzen würde, lag bei hundert Prozent.

Aber … in der nächsten Stunde hatten wir das Wahlpflichtfach und ich war zusammen mit Sara in LEGO-Roboter. Also ergriff ich meine Chance. Obwohl ich es gar nicht als Chance im eigentlichen Sinn betrachtete. Ich ging nämlich davon aus, dass meine Chance bei hundert Prozent lag.

Lag sie nicht.

„Äh …", sagte Sara.

Ich begriff auf der Stelle, dass sie genau das gleiche Problem mit mir hatte wie ich mit Kellen – allerdings fühlte ich mich damit dann auch nicht besser.

„Du tust dich mit Rhondella zusammen, richtig?"

„Das verstehst du doch, oder, Tommy? Ich meine,

Rhondella ist … na, sie ist … ach, ich kann's nicht erklären. Sie hängt dauernd mit ihrem neuen Freund zusammen. Aber weil er in der Achten ist, fährt er nicht mit, und ich kann endlich mal wieder was mit ihr machen."

„Schon gut", brummte ich.

„Ich mach es wieder gut!"

„Wie denn?"

„Mir fällt schon was ein!", rief sie.

Na, das klang vielversprechend, aber in dem Augenblick war es mir kein großer Trost.

In der Pause lief ich zu Kellens Spind, um zu gucken, ob er da war. War er aber nicht, natürlich nicht, denn sein Spind ist praktisch unbenutzbar, weil er so viel Zeug da reinstopft, und deshalb trägt er seine ganzen Bücher immer in seiner riesigen Tasche mit sich rum.

Und als ich ihn in Sozialwissenschaften endlich sah, war es zu spät.

„Tut mir leid, Alter, Dwight und ich sitzen jetzt schon zusammen. Wir arbeiten an einer neuen Wie-man-kritzelt-und-faltet-Fallstudie."

„Ja, wir wollten …“ Und Dwight erklärte die ganzen Einzelheiten von irgendwelchen merkwürdigen Abwandlungen von Kritzelgami, die bestimmt toll waren, aber jetzt war einfach der falsche Zeitpunkt!

„Ja, super“, sagte ich, „aber mit wem fahre ich denn jetzt? Wisst ihr, ob Mike schon einen Partner hat?“

„Ja … eingetragen sich jeder hat“, sagte Origami-Yoda. „Jeder außer …“

„Bam-bam-bam-bampabahm-pampabahm“, machte Kellen.

„Ihr meint doch nicht …“

„Doch …“, sagte Origami-Yoda. „Mit Harvey zu fahren … dein Schicksal ist!“

Beim Mittagessen fragte ich ihn also und tat dabei so fröhlich wie möglich.

„Sara hat dich abgewiesen?“, fragte Harvey.

„Ja.“

„Ha … ha …!“, machte er langsam und gehässig.

Puh! Das wird ja eine superlustige Fahrt!

Mein Kommentar: Ehrlich gesagt, Harvey war so fies, dass ich nicht genau weiß, wieso ich dieses Kapitel eigentlich geheim halte. Manchmal kommt es mir vor, als würden wir uns alle dauernd zusammenreißen, um seine Gefühle nicht zu verletzen, aber er hält sich nie auch nur ein bisschen zurück.

MARA JADE HILFT REMI, WAHRE LIEBE ZU FINDEN!

VON REMI

Tommy diesmal ist es okay wenn du das in die Fallstudie tust. Mir ist es egal ob Kellen es liest weil ich es satt habe mir Gedanken darüber zu machen was Kellen denkt.

Oh das sollte nicht so streng klingen Kellen tut mir leid und es tut mir irgendwie auch leid was passiert ist aber eigentlich nicht. Nein, gar nicht aber ich hab nichts davon gemacht um dich zu verletzen.

Als erstes hab ich mich entschieden nicht bei unserer Stufenfahrt mitzufahren.

Die sechste fährt zum North Carolina Zoo, wo ihr

letztes Jahr hingefahren seid und wo Quavondo die ganzen Erdnussflips gefuttert hat.

Warum also sollte ich nicht zum Zoo mitfahren vor allem den tollen Zoo wo ich immer schon hinwollte weil sie da ein Dschungelhaus haben wo man echt durch den Dschungel laufen kann?????

Weil Kellen nicht dabei sein würde und ich einen ganzen tag lang Kellen nicht sehen würde UND mir sorgen machen müsste dass Rhondella wieder zu ihm zurückgeht.

Also entschied ich, nicht mitzufahren … wenn man nicht teilnimmt muss man den ganzen tag in die schule und in der Bibliothek „arbeiten". ich wusste dass das nicht so schlimm sein würde weil Mrs Calhoun mich immer alles mögliche aus Bastelbüchern machen lässt und ich kann Kellen jedes Mal sehen wenn er in die Bibliothek kommt und ich könnte zum Mittagessen der siebten klasse gehen und endlich mal mit euch allen am Rebellentisch sitzen!!!

Super!!!

Dann erzählte ich mara von meiner Idee.

„Dein schädel muss ja dicker sein als ein thermalschild!"

Ihr war es damit richtig ernst sie drückte sich auch ein bisschen aus wie seifenblase der affe. 

Aber ich war mir noch immer nicht ganz sicher.

Ich fragte wicket und er schrie mich an

„KVARK! X'iutha treekthin!"

Aber ich war mir immer noch nicht ganz sicher.

Also fragte ich Origami-Yoda.

„Hrrmmmm ..." sagte er. „Wenn hier du bleibst, nichts sich ändern wird aber Schulfahrten alles ändern können ... wie Seifenoper in einem Bus sie sind"

Na wenn mara wicket und yoda einer Meinung sind sollte man zuhören

Ich beschloss doch mitzufahren und als es soweit war dass wir unsere Partner aussuchen mussten dachte ich ich frage megan (die sich immer Fred nennt) aber dann hat Ben mich vorher gefragt

Normalerweise machen wir nur Origami zusammen aber ihr wisst ja dass Rabbski Origami auf Ausflügen verbietet und wir dachten vielleicht kommen wir unterwegs ja doch damit durch was zu falten

Aber wir haben uns geirrt das soll euch murky erzählen

Denn das wichtige ist was Ben und ich machten als Rabbski uns unser Origami Papier wegnahm

Zuerst redeten wir und alberten rum und gingen durch den Zoo und verliebten uns und hielten Händchen und küssten uns im Dschungelhaus vor den Erdmännchen, bis Mr howell uns anbrüllte.

Auf der fahrt nach hause sagte ich dass es vielleicht nicht ganz richtig ist mich in Ben zu verlieben wo meine Figur doch mara Jade ist und ihre wahre liebe Luke skywalker den Kellen gemacht hat

Und Ben sagte „ich kann einen besseren Luke skywalker als Kellen“ und ganz leise faltete er eine broschüre die er bei den Ottern mitgenommen hatte zu einem supertollen stooky Luke skywalker

Tut mir leid kellen aber er ist echt viel besser als deiner

Und jetzt sind wir für immer zusammen und danken dir mara Jade und wicket und Origami-Yoda … und tschuldigung Kellen

Kommentar Harvey

Könnten wir diese ganze Knutscherei bitte von den Fallstudien ausklammern?

(Und Mara Jade ebenfalls?)

Mein Kommentar: Ich hatte ein wenig Bedenken, Kellen dieses Kapitel zu zeigen, obwohl Remi sagte, dass ich das ruhig tun könnte. Ich befürchtete, es könnte seine Gefühle verletzen oder ihn bedauern lassen, nicht mehr auf Remi geachtet zu haben, als sie ihn noch mochte.

Aber als ich ihm davon erzählte, erwiderte er: „Wer?"

„Remi! Das Mädchen, das dir das ganze Schuljahr lang nachgelaufen ist!"

„Echt?"

„Na, jetzt tut sie's nicht mehr."

„Oh, okay."

Ich fürchte, der arme Bursche hat Rhondella noch nicht überwunden. Aber vielleicht ändert sich auf unserem Ausflug ja was für ihn.

BU-HU IM ZOO-HO

VON MURKY

pikpok Pete!!!!!!!!!

Zooausflug war so nostrul.

Wie nostrul? Na, wir haben ein Nilpferd gesehen, dem literweise die Rotze aus den nostrul Nüstern lief. Das war wirklich ganz schön nostrul aber die fahrt war doppelt so nostrul.

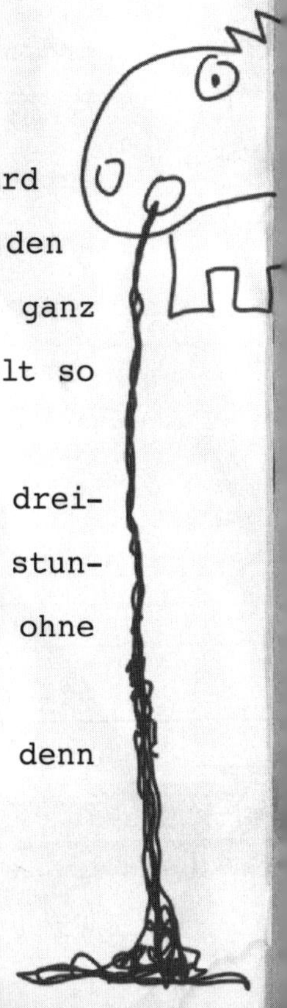

Leute von der Schule zum Zoo sind es dreieinhalb Stunden fahrt. Das sind sieben stunden im Bus ohne Videospiele ohne Musik ohne fernsehen.

Es ist perfekt um Origami zu machen denn was soll man sonst machen?

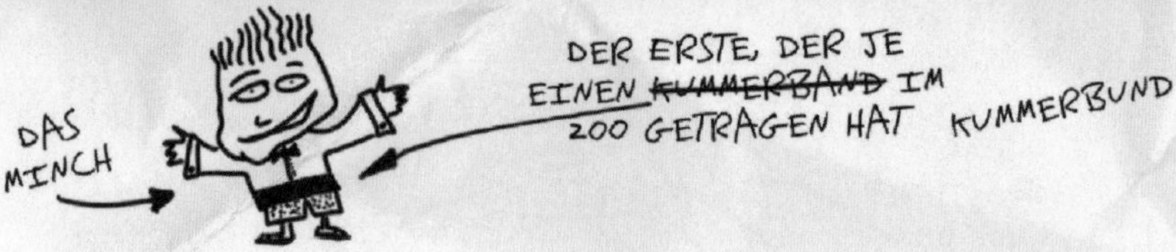

Mein „buspartner“ Adam Minch und ich waren schon am falten, ehe der Bus losgefahren war.

Und Rabbski brüllte uns mit ihrem narnar an, ehe der bus losgefahren war.

„Habt ihr nicht die elterliche erlaubnis gelesen? Kennt ihr nicht die regeln? Habt ihr das origamiverbot nicht gesehen?“

Klar hatte ich die regeln nicht gelesen wer liest denn schon die regeln?????????

Wir gaben ihr also das zeug, an dem wir arbeiteten. Ich war halb fertig mit einem total dreieckigen Qui-Gon Jinn!

Wir warteten, bis sie sich wieder hingesetzt hatte, dann holten wir mehr Papier aus unseren Rucksäcken.

Wie aus dem nichts stand sie wieder da und nahm uns unser restliches papier ab

ist die regel, dass man sitzen bleiben soll, solange der Bus fährt, nicht wichtiger als eine Kein-Origami-Regel?

Auf jeden fall, hier ist der ganze Ausflug: narnar, narnar, narnar, nilpferdsabber, rote

Affenhintern, narnar, narnar, narnar, zurück zur schule, ende.

Kommentar Harvey

Ha! Ich wusste, dass ihr euch irrt, wenn ihr Rabbski plötzlich für eure FREUNDIN haltet! Wie schon gesagt, sie ist genauso sith-raffiniert wie immer.

Übrigens, haben die Lehrer in der Sechsten das Handtuch geworfen und die Vermittlung von Grammatikregeln aufgegeben? Murkys und Remis Beiträge hintereinander, das ist echt zu viel! Du hättest beide streichen sollen!

Mein Kommentar: Na ja ... das wäre vielleicht ein bisschen hart, Harvey.

Murkys Beitrag ist schon allein deswegen wichtig, weil er zeigt, dass es Rabbski mit ihrem Origami-Verbot ernst ist. Ich hatte schon gehofft, sie macht sich nicht die Mühe, es durchzusetzen. Aber jetzt klingt es ganz danach, als würde sie keinen Schritt weichen.

Wie ich schon gesagt habe, war die Aussicht auf eine Stufenfahrt ohne Origami ziemlich wug.

$$(S+R) - (S+T) = R+K!$$

Besonders, wo die Buspartnersache schon zum Fiasko geworden war. Aber dann hatte Kellen eine Idee …

„Dass Sara und Rhondella Buspartner sind, ist das Beste, was passieren konnte", sagte er. „Wenn Rhondella mit Jen fahren würde, hätten wir absolut KEINE CHANCE, dass sie in unseren Partnerklub kommen. ABER wenn du Sara und Rhondella bewegen kannst, in unseren Partnerklub zu kommen, dann kannst du den ganzen Tag mit Sara verbringen und ich den ganzen Tag mit Rhondella!"

Eine neue Hoffnung!

Wie Yoda sagte, es könnte alles ändern!

„Wie Murky sagen würde: Shakespearisch!", sagte ich.

„Ich glaube, das hier würde er eher anders nennen: SlickSlack!", erwiderte Kellen.

„Na, wenn du meinst. Gucken wir mal, ob es funktioniert!"

Das tat es nicht.

NIEMAND MÖCHTE IM BUS PINKELN

VON CASSIE

Als Rabbski verkündete, dass wir doch noch unsere große Jahrgangsstufenfahrt machen würden, waren alle ganz begeistert ... außer mir. Mir hätte es gereicht, wenn wir zur Kackfladen-Plantage fahren würden, die nur ungefähr zehn Minuten entfernt ist.

HOFFENTLICH!

Ein Zehn-Minuten-Ausflug bedeutet, dass niemand die Bustoilette benutzen muss.

Aber wenn es auf eine lange Fahrt geht, mietet die Schule diese Riesenbusse mit einer Toilette hinten. Und wenn man dann muss, marschiert man nach hinten, geht in die winzige Kabine und pinkelt in ein winziges Klo.

Nur dass ich das nicht kann.

Ich will jetzt nicht allzu sehr ins Detail gehen, aber ich brauche nun mal ein bisschen Ruhe und Frieden, damit ich pinkeln kann. Ich mag es so nicht nur lieber, ich kann wirklich nicht pinkeln bei Stress oder Lärm.

Was ist so stressig an einem Busklo? Nichts, nur dass jeder sieht, dass man hingeht! Und wenn man da sitzt, fragt man sich, ob sie darüber nachdenken, wie man gerade da sitzt. Dann fragt man sich, ob sie die Zeit stoppen. Nicht mit einer Uhr oder so was, aber wenn man rauskommt, denkt doch garantiert einer: „Mann, die war aber lange dadrin." Und das macht es schwieriger zu pinkeln, wodurch es noch länger dauert, und das hat zur Folge, dass man wirklich lange dadrin ist.

Und die ganze Zeit, während man darüber nachdenkt, schaukelt der Bus nach links und nach rechts und fährt über Buckel und man wird hin und her geworfen und das eklige benutzte Wasser schwappt unter einem hin und her!!!!!

Ich kenne das alles noch aus dem letzten Jahr, als wir zum Zoo gefahren sind. Ich habe so lange angehalten, wie ich konnte, aber dann musste ich SO dringend, dass ich am Ende doch aufs Klo gegangen bin. Und es war schrecklich und eng und eklig. Ich saß da ewig und konnte nicht!

Also kam ich wieder raus und ging zu meinem Sitz zurück und dachte, ich platz gleich, bis wir endlich ankamen! Nie wieder!

Wie sich zeigte, bin ich damit nicht allein!

Als ich Sara und Rhondella von meinen Befürchtungen erzählte, waren sie ganz meiner Meinung.

„Letztes Jahr?", rief Rhondella. „Als ich ganz vorn im Bus saß? Wo ich an jedem Einzelnen im Bus vorbeimusste, als ich zum Klo ging? Und die wissen ja schließlich, weshalb man da hingeht!"

„Das Schlimmste ist", sagte Sara, „dass man sich immer Sorgen macht, ob draußen schon jemand wartet, dass man fertig ist. Und irgendwie ist das immer der eine im Bus, der nicht gesehen hat, wie man nach hinten gegangen ist. Statt also zu warten, versucht er die Tür zu öffnen. Und dann hat man Angst, dass der Riegel nicht hält und die Tür aufgeht und jeder einen sieht, wie man da auf dem winzigen Klo hockt."

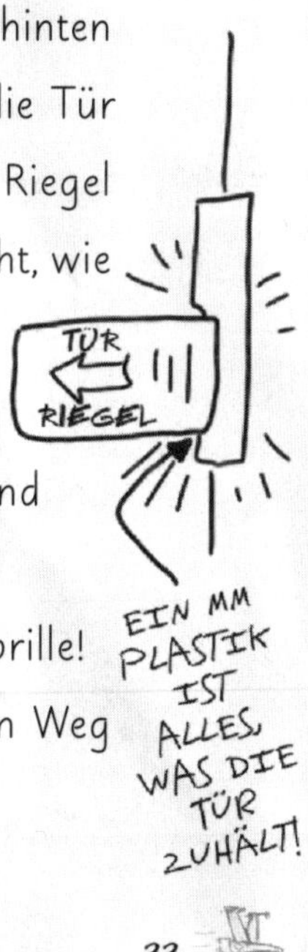

Wir haben noch ein paar andere gefragt:

Lisa: Die Wände sind so dünn! Was, wenn jemand einen hört?

Piper: Und die Jungen pinkeln immer auf die Klobrille!

Hannah: Und wisst ihr noch, wie Harvey auf dem Weg

zum Zoo gleich neben dem Klo saß und zu jedem, der reinging, sagte: „Ich hoffe, alles läuft gut!"?

Jen: Oder wenn man wartet und da zehn Minuten rumsteht, in denen man hin und her geworfen wird, und dabei auch noch so tun muss, als würde man nicht gleich platzen.

Amy: Und wenn man selber neben dem Klo sitzen muss! Gerüche, Geräusche ... toller Ausflug.

Ich fragte Saras Wookiee-Propheten danach, aber er sagte nur: „Wug!" Und Han Falzo sagte darauf nur: „Ist mir egal, was du da riechst! Rein mit dir!"

Keine von den anderen Puppen hatte eine gute Idee. Falt2-D2 muss nicht pinkeln. Ventress gibt ein Dingdong darauf, was andere von ihr denken. Und meine Puppe, Sy Snootles, hat nichts Besseres zu tun, als „Lapti Nek" zu singen.

Sara riet uns darum, Origami-Yoda zu fragen.

„Ach, Mensch, der wird doch nur sagen, ich soll mich an Sherlock Dwight wenden, und Dwight wird rumhampeln und so tun, als rauche er eine Pfeife, und mit ent-

setzlichem britischem Akzent rufen: „Elementar, meine liebe Cassie!“

„Du wirst es tun müssen“, sagte Sara.

Also habe ich es getan.

Origami-Yoda sagte, ich soll mich an Sherlock Dwight wenden, und der räkelte sich auf seinem Stuhl, tat, als ob er eine Pfeife rauchen würde, und mit furchtbar schlechtem britischem Akzent rief er: „Elementar, meine liebe Cassie!“

Er fuhr fort: „Überlegen Sie: Ein gängiger Reisebus befördert vierundfünfzig Passagiere. Er bietet also Raum für achtundvierzig Schüler und sechs Aufsichtspersonen. In unserer Stufe sind insgesamt zweihundertzwanzig Schüler. Zweihundertzwanzig durch achtundvierzig ist etwa vier Komma fünf. Es sind also viereinhalb Busladungen.“

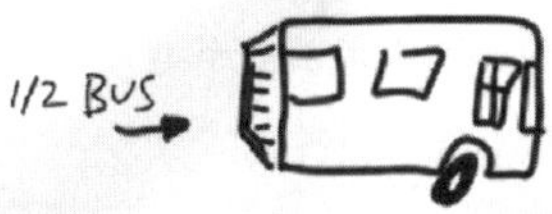

„Aha“, sagte ich.

„Nun, einen Reisebus zu mieten ist teuer. Wird man also für einen ganzen Bus zahlen, wenn man ihn nur halb besetzen kann?“

„Äh … nein?“

„Selbstverständlich nicht! Man wird einen regulären Schulbus verwenden, vermutlich ein älteres Modell, denn

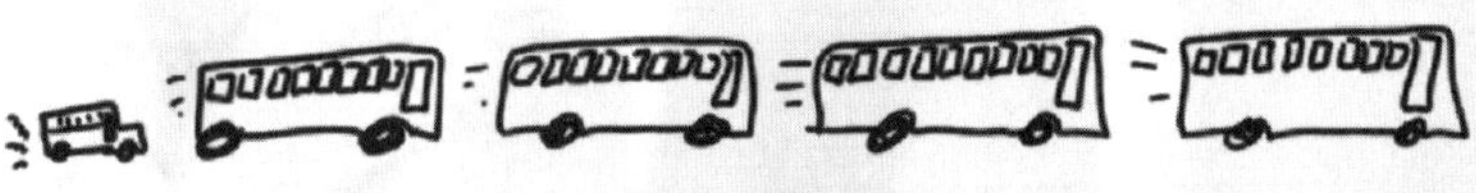

die waren kleiner, aber das kann ich nicht mit Sicherheit sagen. Wie auch immer, reguläre Schulbusse haben keine Toiletten, daher wird der Schulbus auf dem Weg nach Washington, D. C., an mindestens einer Raststätte halten müssen, damit dort die Waschräume benutzt werden können."

„Wahnsinn! Wie komme ich in diesen Bus?"

„Elem…"

„Lass gut sein. Das kriege ich schon allein raus."

Nur bekam ich es nicht allein heraus. Ich musste wieder zu Sherlock Dwight gehen und ihn danach fragen.

„Verrat es mir, aber bitte sag nicht ‚elementar'."

„Aber selbstverständlich, werte Dame", sagte Sherlock Dwight. „Die Schüler suchen sich den Bus nicht aus, mit dem sie fahren – die Aufsichtspersonen jedoch schon. Sie brauchen sich nur bei einer Aufsichtsperson einzutragen, die mit dem Schulbus fahren wird."

„Woher soll ich denn wissen, wer …"

„Elementar!"

„Irgendwann, Dwight, da werde ich dich …"

„Kein weiteres Wort! Sie sollten nicht gegen die Nulltoleranzregel dieser Schule in Bezug auf Gewaltandrohung verstoßen. Diesen Fehler habe ich selbst einmal begangen und dafür alle denkbare Unbill erdulden müssen."

„Unbill?"

„Ja, durchaus, das Wort Unbill erscheint mir passend."

„Okay ... Könntest du mir einfach sagen, welche Aufsichtsperson für mich elementar geeignet ist?"

„Überlegen Sie nur ... Wenn es Ihnen schon peinlich ist, im Bus auf die Toilette zu gehen, dann stellen Sie sich vor, wie es Mrs Rabbski ergehen muss. Eine Rektorin herrscht durch Angst und Respekt ... Doch ist es sehr schwer, jemanden zu respektieren, dem man dabei zugesehen hat, wie er sich zum Pinkeln in die winzige Bustoilette zwängt ... oder der zum Pinkeln einfach zu lange braucht!

Mrs Rabbski jedoch kennt die Vorteile des regulären Schulbusses. Und – als Rektorin – besitzt sie die Autorität, dem Busfahrer notfalls ins Ohr zu flüstern und einen Halt außer der Reihe machen zu lassen! Wenn Sie also den normalen Schulbus nehmen, haben Sie eventuell sogar zwei oder drei Zwischenhalte pro Strecke!"

Ich erzählte das den anderen Mädchen, und wir beschlossen, zusammen einen Partnerklub zu gründen – was für ein dämlicher Name – und Mrs Rabbski zu bitten, unsere Aufsichtsperson zu sein. (Bis auf Amy, die mit Lance fährt und dem Partnerklub von pinkelpottpieselnden Jungen, denen er sich anschließt. Sie glaubt, sie hält das durch.)

Kommentar Harvey

Ein cleverer Plan. Aber er ist es nicht wert. Ich meine, überlegt mal: In einem Reisebus mit Klimaanlage und bequemen Sitzen fahren oder in einem klapprigen Schulbus wie jeden Tag? Außerdem, wie wollt ihr Spaß haben, wenn Rabbski euch die ganze Zeit anbrüllt?

Hmmm ... das bringt mich auf eine großartige Idee!

Mein Kommentar: Das gefällt mir aber ganz und gar nicht! Harveys großartige Ideen gehen meistens nach hinten los!

Und ich werde jetzt wahrscheinlich nicht mal im gleichen Bus fahren wie Sara!!!! Ich habe versucht, Kellen zu überreden, einem „Partnerklub" im normalen Schulbus beizutreten, aber er entgegnete, Luke Skyfalzer sage, wir sollten vorher Origami-Yoda fragen. Origami-Yoda sagte: „Howell ebenfalls in diesem Bus wird fahren!"

Mir ist nicht klar, wie das sein kann, weil Mr Howell nur in der Sechsten unterrichtet, aber wenn Origami-Yoda es sagt, muss es wahr sein.

Und Kellen sagt, er würde lieber herausfinden, dass Darth Vader sein Vater ist, eine Hand abgeschlagen bekommen und in eine riesige Klimaanlage fallen ... als mit Mr Howell in einem Bus zu fahren.

ICH HAB DA EIN GANZ MIESES GEFÜHL ...

VON SARA

Schulausflug-Haiku

Viel zu früh aufstehn.
Bus erwarten. Morgen kalt.
Es ist Ausflugstag.

Dwights Mom setzte uns an der Schule ab. Dort warteten schon eine Menge Schüler.

Und es herrschte Chaos.

Rabbski versuchte, die Schüler nach Bussen und Partnerklubs zu ordnen und ihnen Aufsichtspersonen zuzuteilen. Das war besonders hart, weil die Busse noch nicht da waren.

Es war eiskalt, aber auch aufregend. Es würde toll werden, ein Abenteuer mit Rhondella und OHNE ihren Freund zu erleben.

Aber das wurde es nicht. Er war DABEI, obwohl er gar nicht dabei war, wenn ihr versteht, was ich meine.

Die ganze Zeit hat sie ihm gesimst. Und weil Handys verboten waren, machte sie eine große Show daraus, es im Ärmel zu verstecken, vorsichtig rauszuholen, es wieder zu verstecken, rauszuholen und so weiter.

„Warum antwortet er nicht?“, jammerte sie.

„Äh ... vielleicht, weil es sechs Uhr morgens ist und er noch nicht mal auf?“

„Ohh ... er schläft. Ich wette, er sieht süß aus, wenn er schläft! Und wenn er aufsteht, hat er ganz strubbelige Haare! Ich schreib ihm, er soll mir ein Selfie von dem Moment schicken, in dem er aufwacht!“

Ich hatte weder den Wookiee-Propheten noch Han Falzo bei mir, aber ich wusste, was sie sagen würden:

„WUG!“ und „Ich hab da ein ganz mieses Gefühl.“

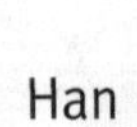

Aber was ich wirklich brauchte, war ihr Rat! Denn den ganzen Tag zuzusehen, wie Rhondella und ihr Freund Selfies hin- und herschickten, war nicht das, was ich geplant hatte.

‚Vielleicht ist es noch nicht zu spät, um zu tauschen', dachte ich …

Doch in diesem Moment brüllte Mrs Rabbski wieder durch ihr Megafon:

„Meine Gruppe, Mr Howells Gruppe und Mrs Porterfields Gruppe vortreten und in den gelben Schulbus einsteigen. SOFORT!"

Ich konnte es nicht fassen! Was Tommy von Origami-Yoda erfahren hatte, stimmte: Warum auch immer, Mr Howell fuhr mit – und wir würden den ganzen Tag mit ihm im selben Bus sitzen!

Ich winkte Tommy zum Abschied zu. Er sah ziemlich traurig aus. Harvey stand neben ihm und kam jetzt schon nicht aus dem Meckern heraus.

Gerade als wir in den Schulbus stiegen, kamen auch die ECHTEN Reisebusse.

Bus-Haiku
von Sara

Große Busse da,
Geräumig und wunderbar!
Unser ist klein. Wug.

Der Stress, alle aufzureihen und Kellens, Tommys und Dwights Origami-Papier zu konfiszieren, hatte die Nettigkeit vollkommen aufgebraucht, die Mrs Rabbski seit der Schulausschusssitzung an den Tag gelegt hatte.

„Wir verschaffen uns einen Vorsprung gegenüber den anderen Bussen“, bellte sie. „Sie sind ein bisschen schneller ... und außerdem halten wir vielleicht ein oder zwei Mal ... Also steigt ein, setzt euch und macht keinen Unsinn. Ich gehe die Regeln noch einmal durch, sobald wir unterwegs sind.“

„Und ich füge vielleicht noch ein paar eigene Regeln hinzu“, sagte Mr Howell.

Wir gingen zu unseren Sitzen. Die gleichen langweiligen, unbequemen Bussitze, auf denen wir immer sitzen. Ja, als ich mich hinsetzte, merkte ich sogar, dass es WIRKLICH GENAU DER Bus war, mit dem ich jeden Tag fuhr. Ich erkannte die Muster in der abgeplatzten Farbe und den Geruch nach Verzweiflung ...

War das den besseren Waschraum wert? Es wären zwei peinliche Minuten gewesen, die wir hätten aushalten müssen ... aber jetzt sah es aus, als müssten wir einen ganzen Tag in der Sarlacc-Grube verbringen.

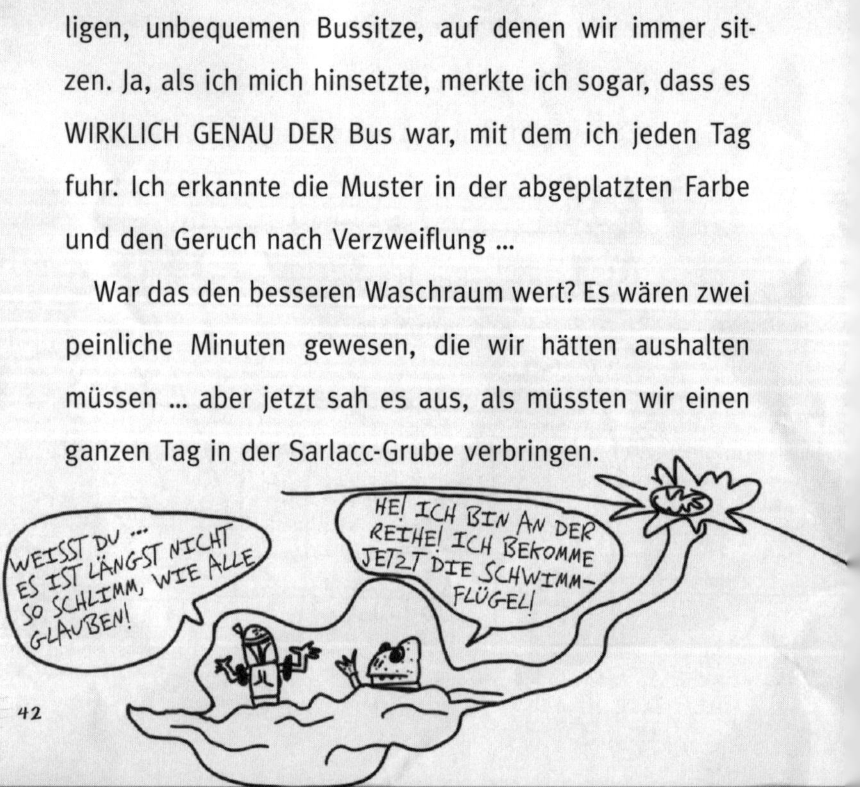

Kommentar Harvey

Na, was glaubt ihr denn, wie ich mich fühle? Ich muss IMMER das Jungsklo benutzen! Deshalb muss ich mich jeden einzelnen Tag meines Lebens dem Grauen und der Demütigung durch vollgepinkelte Klobrillen stellen, und das wegen solcher Ferkel wie Tommy!

Mein Kommentar: WIE BITTE? Wieso gibst du mir die Schuld an vollgepinkelten Klobrillen? Ich pinkle nicht auf die Brille! Hab ich noch nie! Hast du überhaupt eine Ahnung, wie streng meine Mutter ist, wenn es darum geht, dass man die Brille hochklappt? Nach „Keine Getränke im Wohnzimmer" ist das ihre goldene Regel!

Also, Sara oder jedes andere Mädchen, das diese Fallstudie liest: Ich war's nicht!

ICH HAB SOGAR EIN NOCH MIESERES GEFÜHL DABEI!

VON AMY

Was hab ich mir nur dabei gedacht? Ich hätte Lance dazu bringen sollen, Saras Buspartnerklub beizutreten, statt mit in seinen zu gehen!

Hier ist der Rest der Gruppe: Tommy und Harvey, Dwight und Kellen, Mike und Quavondo! (Kellen, bitte zeichne einen Sitzplan!)

Manometer! Diese Jungs sind echt lauter, als man es sich vorstellen kann!!!

Sie waren leise, solange Rabbski noch dabei war, weil sie als Erstes zu uns kam und sie zusammenstauchte. Dann hat sie tatsächlich ihre Rucksäcke

SITZPLAN
WINZIGES KLO
MR SM
SEIFEN-BLASE
DESINFEKTIONS-MITTEL
TOMMY
HARVEY
KELLEN (ICH)
DWIGHT
QUAVONDO
MIKE (LEICHT ZAPPELIG)
LANCE
AMY
IIH!
BRIANNA
HALEY
HE! NICHT KNUTSCHEN, HAB ICH GESAGT!
ERD-MÄNNCHEN
SPRECH-BLASE
KEINER TRAUT SICH
ZACK
TATER TOT
TATER TOT (KROKETTE)

nach Origami-Papier und Spielzeug durchsucht. Sogar meinen!

Sie nahm uns alles ab, was aus Papier bestand, auch Mikes Holocron-Notizbuch. (Er hätte fast geheult!)

Ich flehte sie an, mir mein Tagebuch zu lassen (in dem einige sehr persönliche Dinge stehen). Zum Glück erlaubte sie es mir – deshalb habe ich Papier, um das hier aufzuschreiben –, aber ich musste ihr versprechen, keine Seiten rauszureißen, denn die Jungen würden damit nur Origami machen.

„Keine Sorge“, sagte ich zu ihr, „ich habe nun wirklich keine Lust darauf, dass sie Puppen basteln und den ganzen Tag lang mit Star-Wars-Stimmen sprechen!“

In dem Augenblick, in dem Mrs Rabbski in den normalen Schulbus einstieg und wegfuhr, wurden sie laut und sind seitdem nicht mehr still gewesen.

Man sollte meinen, ihre Aufsichtsperson würde sie anhalten, still zu sein, aber ihr werdet nicht glauben, wer unsere Aufsichtsperson ist:

Mr Saubermann.

Und Seifenblase!

Ja, richtig gelesen, er hat Seifenblase mitgebracht!

Und während die anderen Aufsichtspersonen die Regeln wie „bleibt ruhig“, „nicht brüllen“ und so was wiederholten, laberte Mr Saubermann so Zeug wie:

„Bringt keine Bazillen als Souvenir mit nach Hause!“

Er hatte aber keine echten Regeln wie zum Beispiel: „Geht Amy nicht auf die Nerven.“ Nicht dass ich den Schulausflug mit einem Feldwebel machen möchte, aber das wäre immer noch besser gewesen als mit einem Haufen wild gewordener Jungs.

Alles, was sie machen, wird zur Katastrophe.

Zum Beispiel hat vor der Abfahrt C. J., der Busfahrer, an der Seite des Busses eine große Tür geöffnet und eine dieser gewaltigen Kühlboxen rausgeholt, in die unser Mittagessen hineinsollte.

Okay, da stellt man sich also einfach an und legt seine Lunchtüte in die Kühlbox, oder? Von wegen, die Jungs müssen drängeln und schubsen und mit Sachen werfen. Ich bat Lance, meine Tüte mit abzugeben ... und Harvey schlug sie ihm aus der Hand und tat so, als wollte er sich draufsetzen. Aber da schubste ihn jemand und er pflanzte sich auf einmal wirklich drauf!

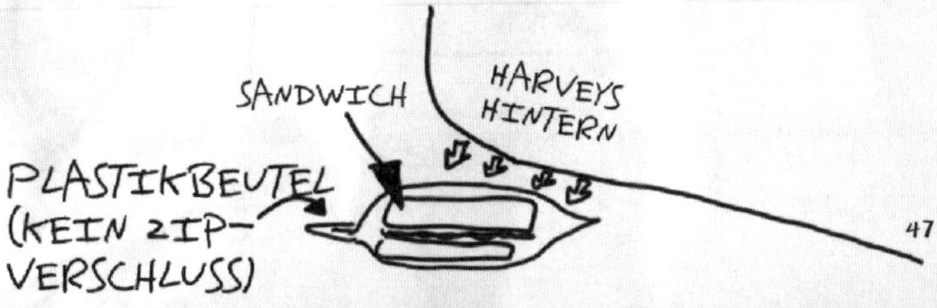

Jetzt kann ich mich zum Mittagessen also auf ein Truthahnsandwich mit Harveys Hinternabdruck drauf freuen!

Als wir in den Bus stiegen, hielt Mr Saubermann einen riesigen Rucksack hoch.

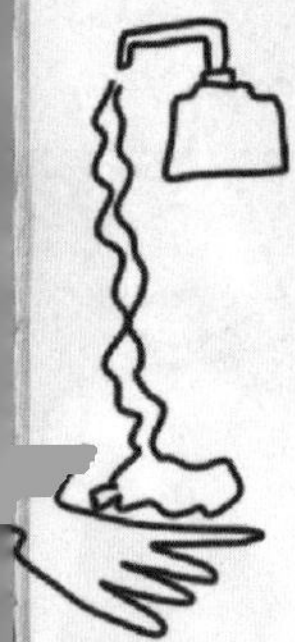

„Ich habe zwei Sorten Handdesinfektionsmittel dabei", sagte er, „Gel und Tücher. Ihr braucht damit nicht zu sparen – ich habe genug! Lasst uns die Fahrt auf dem richtigen Fuß beginnen – mit sauberen Händen!"

Dann ging er den Mittelgang entlang und sprühte jeden an, sogar Schüler aus anderen Gruppen.

„Okay, jetzt gehe ich nach hinten und wische für alle die Toilette sauber. Ich sitze direkt daneben und desinfiziere jeden neu, der sie benutzt hat."

„Weh tut so ein kleiner Spritzer keinem, nur den Keimen!", kreischte Seifenblase.

Damit begann die Herrschaft der Gesetzlosigkeit. Die anderen Aufsichtspersonen saßen vorn im Bus und drehten sich nur um, als wir an der Greenhill-Plantage vorbeifuhren und alle losschrien und Lippenfürze machten.

Kommentar Harvey

Ich möchte nur sagen, dass ich dachte, es wäre Lance' Mittagessen. Deinem Sandwich hätte ich das nie angetan, Amy. Ich bitte um Verzeihung.

Mein Kommentar: Hmm ... lecker! HarveyPopoWich! Unser Sonderangebot zum Mittagessen. Normal oder extrascharf!

DIE DUNKLE SEITE IST STARK IN DIESEM BUS – UND DER GURKENGERUCH AUCH

VON KELLEN

Wie üblich wäre diese Fallstudie ohne mich ein komplettes Desaster! Seht ihr, obwohl Rabbski Tommy sein Notizbuch und Mike das Holocron – das auch ein Notizbuch ist – abgenommen hat, hat sie nicht das Rekorderdings von meinem Bruder konfisziert, das so aussieht wie ein Schlüsselanhänger.

Ich wusste, dass ich nicht die ganze Fahrt aufnehmen konnte – wer würde das auch wollen? –, aber ich hielt den Rekorder immer bereit, falls etwas Ungewöhnliches passieren würde.

Und klar, als Tommy sagte: „Igitt, Harvey! Hast du das gerade aus deiner Unterhose ge-

pult?“, drückte ich sofort die Aufnahmetaste.

Also, das passierte, nachdem Tommy sagte: „Igitt, Harvey! Hast du das gerade aus deiner Unterhose gepult?“

Harvey: [Lacht böse.]

Tommy: Was zum Hutten ist das?

Harvey: Hehehehe … Alles entwickelt sich so, wie ich es vorausgesehen habe …

[Harvey hörte sich an wie eine sterbende Kuh mit britischem Akzent.]

Tommy: Nimm das weg, Harvey. He! Das ist mein Ernst. Das stinkt!

[Harvey sah so höllisch selbstzufrieden drein, dass ich ihm eine runterhauen wollte, ehe ich überhaupt wusste, was er vorhatte. Aber als ich es kapierte, hätte ich ihn am liebsten durchgeprügelt!

Er hatte eine Origami-Puppe auf dem Finger. Ganz in Schwarz. Es war wie ein schwarzer Mantel mit Kapuze. Und in der Kapuze war … eine Gurke. Ja, wirklich, eine runzlige, widerliche Gurkenscheibe, in die ein gemein dreinblickendes Augenpaar gesteckt war.]

Mike [beugt sich über die Sitzlehne]: Ist das Imperator Palpatine?

Harvey: Nein … Das ist …

[Er machte eine lange Pause und genoss es, ein Publikum zu haben. Ich wünschte, ich hätte ihm nicht den Gefallen getan, ihn zusehen zu lassen, wie ich ihn im Augenblick seines Triumphs betrachtete. Aber wie sollte man da nicht hingucken?]

Harvey: Das ist Imperator Gurkatine!

Tommy: Ist das eine echte Gurkenscheibe? Kein Wunder, dass es hier so stinkt …

Gurkatine: Jetzt werdet ihr erleben, wie sich die allumfassende Macht der Sauren Seite auswirkt.

Mike: Äh, Harvey? Vielleicht ist dir entgangen, dass Mrs Rabbski so ungefähr fünfzigmal gesagt hat, Origami ist auf dem Schulausflug verboten!

Gurkatine: Das mag so sein … Aber sagt mir … Wo ist eure Mrs Rabbski jetzt?

Mike: Sie sitzt im anderen Bus.

Gurkatine: Richtig … richtig … wie ich es vorausgesehen habe … Sie ist im ande-

ren Bus … und ich bin in diesem! Hehehe … Ihr erbärmlichen Regelbefolger habt sie aufgegeben, eure Lukes und eure Obi-Wans und sogar eure Yodas. Kein einziges eurer kostbaren kleinen Origami-Papiere habt ihr dabei … Und jetzt bin ich die unüberwindliche Macht in diesem Bus!

Quavondo [kniet sich neben Mike und sieht ebenfalls über die Rückenlehne]: Was, wenn wir es … äh, Mr Saubermann sagen?

Gurkatine: Oh … Ihr versprecht euch Hilfe von diesem kleinen Menschen?

[Selbst jetzt, wo ich mir nur die Aufnahme anhöre, treibt mich Gurkatines Stimme mit ihrer krächzenden Überheblichkeit einfach in den Wahnsinn! Besonders, weil er recht hatte. Im Moment teilte Mr Saubermann kleine Päckchen mit Papiertaschentüchern an alle aus. Na ja, genau gesagt teilte Seifenblase sie aus.]

Seifenblase: Die Popel hier im Bus gehen ins Tempo, ins Tempo, ins Tempo …

Ich (Kellen): Okay, schön, aber was, wenn ich es Miss Bauer sage?

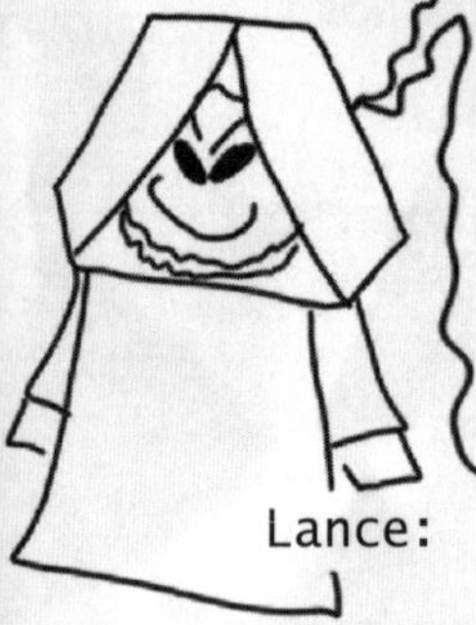

Gurkatine: Ja … ja … geh nur. Verpetze einen Mitschüler, weil er Origami gefalzt hat. Ja … Gib deinen Gefühlen nach! Schwärz mich an! Streck mich nieder! Sobald du sprichst, ist dein Übergang auf die Saure Seite abgeschlossen.

Lance: Er hat recht. Es wäre ganz schön unstooky, ihn zu verpetzen.

Ich (Kellen): Dann müssen wir uns also den ganzen Tag anhören, wie der Imperator uns anstänkert?

Mike: Ja, und was, wenn … ihr wisst schon … wenn die Gurke … Kräfte hat?

Lance: Kräfte?

Mike: Ja, Kräfte. Wie Origami-Yoda. Was, wenn uns Gurkatine mit der Sauren Seite den ganzen Ausflug verdirbt?

Ich (Kellen): Macht er ja schon! Mir geht es mies, seit Harvey ihn rausgeholt hat. Und Tommy hat recht. Er stinkt TOTAL!

GURKEN-MÄCHTE?

Mike: Warte mal … Dwight! Dwight! Hast du nicht vielleicht doch irgendwie Origami-Yoda an Bord geschmuggelt? Aber hoffentlich nicht in deiner Unterhose.

EINE NEUE HOFFNUNG?

Dwight: Nein, ich hab ihn zu Hause gelassen … aber … er hat mich gewarnt, dass so etwas geschehen könnte.

Tommy: Ehrlich? Was hat er zu dir gesagt?

Dwight: Er sagte: „Fruchtgummirollen mitnehmen du musst“, deshalb hab ich eine ganze Tüte dabei. Grüne mit Limettengeschmack.

[Er öffnete eine große braune Papiertüte. Eigentlich schon fast einen Sack.]

Ich (Kellen): Mann, Alter! Das sind aber eine Menge Fruchtgummirollen!

Tommy: Aber die nützen uns doch nichts!

Ich (Kellen): Ja, vor allem, weil ich Limette hasse …

Gurkatine: He he he … Ja, genau wie ich es vorausgesehen habe!

Lance: Du hast vorhergesehen, dass Kellen Limettenfruchtgummi hasst?

Gurkatine: Nein, du Narr! Vorhergesehen habe ich, dass euer unbedeutender Origami-Yoda und seine dümmlichen Ratschläge wertlos sein würden! Und jetzt bereitet euch vor, Zeuge zu werden, wie …“

Ich (Kellen): Warte mal ’ne Sekunde, Gluckatine! Ich glaube, du musst Zeuge hiervon werden!

Lance: Amy! Guck mal!!!

Amy: Was denn? [Ich konnte es nicht sehen, aber sie klang, als rollte sie mit den Augen.]

Lance: Dwight falzt eine Fruchtgummirolle!

Amy: Das wird echt immer schlimmer …

[Aber wir anderen ließen die Augen nicht von Dwight, der eine Fruchtgummirolle ausgerollt und dann zu einem Fünf-Falze-Notfall-Yoda gefaltet hatte – er steckte ihn sich auf den Finger.]

Dwight: Fruchtigami-Yoda ich bin. Leiten euch werde ich.

Ich (Kellen): JA-WOLL! Volltreffer, versenkt, Harvey!

Stimme der Autorität: Was ist da los? [Es war Miss Bauer.]

Miss Bauer: Lance, Mike und Quavondo. Ihr setzt euch auf eure vier Buchstaben und schaut nach vorn. Kellen, du musst deine Lautstärke dämpfen. Und wie ich sehe, isst du schon, Dwight. Nun … gut … Ich schätze, es ist okay, wenn ihr eure Snacks esst. Aber nicht so hastig, sie müssen reichen, bis wir in Washington sind. UND SEID LEISER. Ihr hier hinten seid viel zu laut!

[Andere Kinder wollten wissen, ob sie ihre Snacks auch essen dürften. Miss Bauer ging nach vorn und gab es allgemein bekannt. Da rannte Mr Saubermann nach vorne und rief: „Aber esst keine Bazillen mit!!!!“ Und dann fing er wieder an, alle mit Desinfektionsmittel zu besprühen.]

Ich (Kellen): Äh, Dwight? Hast du gerade Fruchtigami-Yoda gefuttert?

Dwight [schluckt]: Deshalb habe ich ja so viele Fruchtgummirollen mitgebracht. Ich kann einen neuen machen, wann immer er gebraucht wird. Seht ihr? [Und er machte einen neuen.]

Fruchtigami-Yoda II: Wiederkehren ich werde … Euch beistehen im Kampf gegen die Saure Seite ich werde.

[Dann aß er diesen auch.]

Lance [dreht sich wieder um]: Wie hast du Gurkatine vor Miss Bauer versteckt, Harvey? Hast du ihn auch gegessen?

Tommy: Nein. Er hat ihn wieder in seine Unterhose geschoben.

Kommentar Harvey

Nur um das klarzustellen: Gurkatine ist (a) großartig, erfordert (b) einige schwierige Falze am Umhang, sieht (c) wirklich aus wie Palpatine, weil der Gurkenteil total verschrumpelt ist, und hat (d) boshafte Augen aus roten Liebesperlen.

Dagegen ist Fruchtigami-Yoda (a) lausiges Origami, das (b) keine Arme, Augen oder auch nur ein Gesicht hat und (c) einem Riesenpopel noch ähnlicher sieht als Papierknäuel-Yoda.

Vor allem aber: Bei keiner Gelegenheit hatte Gurkatine Kontakt mit meiner Unterhose. Ich habe ihn in meinem Kapuzenshirt versteckt, nicht in meiner Hose!

Mein Kommentar: Was ich gesehen habe, habe ich gesehen.

TUMULT!

VON TOMMY, KELLEN, MIKE,
LANCE UND QUAVONDO

Gleich nachdem passiert war, was im letzten Kapitel passiert ist, passierte das:

Dwight machte NOCH EINEN Fruchtigami-Yoda.

Er sagte: „Oh ja … Sachen aus Snacks auch ihr machen solltet!“

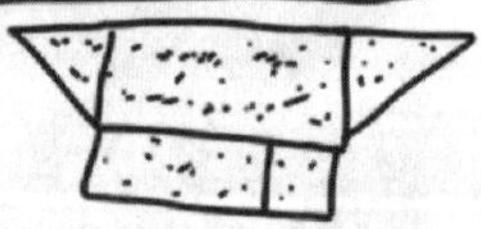

Der Tumult begann!

Jeder wühlte in seinem Snackbeutel und guckte, was er hatte und was er daraus machen konnte.

Wir machten ein paar echt coole Sachen – die zeigen wir im nächsten Kapitel –, aber wir hatten mehr Ideen als Snacks.

Deshalb hat Kellen ein paar gezeichnet, die wir nicht machen konnten …

MAIS-TRUPPLER
KAR-TUSKE
DARTH MARSHMALLOW
CROÛTON-TAUN
VADER COLA
C-3P-EI
KARTOFFELWEDGE ANTILLES
TEE VIZLA
R2 T2
TEE-K-421
AH-SODA TANO
CHEWSAFTA
BANANA FETT
BOBA FRUCHT
HIER BROT-FÜNF! ICH GEHE REIN!
MANGO FETT
OBI WAN MELONI
SALACIOUS —GUM—
KOHL-KRIEGER
WATTOMELON
ANAKIN SERVIETT-WALKER
SOSSI-WAN KENOBI

DARTH KOHL
TOASTOOINE
PFLÖFFEL KOON
GUARANÁ DER HUTTE
GRAHAM MOFF TARKIN
BOHNI KENOBI
DER MAISLENNIUM FALKORN!
LANDONUT
PADMÉ EIMERDONUTS
TODESSTERN MIT GELEEFÜLLUNG
DOUGHBI-WAN KENOBI
GREE DONUT
UG-NUT
KIRSCH-KERN-DROIDE
DIE CAN-O-TUNA BAND
SALACIOUS KRÜMEL
TUNA
TUNA
TUNA
TUNA

CHIP FISTO
KIT CHIPSO
CHIP CHIPSO?
DIP FORTUNA
JABBA DER GUAC
JAWA-BALL
SCHINKEN-GARDIST
CANDY BANE
ACHTUNG: NIEMALS SAGEN: ORDER 66 HÖRNCHEN!!!
TÜTEN-TRUPPLER
CHEW BAKLAVA (FA-LÄUFEL)
PFANNKUCHEN-WALKER
ORANGEN-MARME-JADE
JAR JAR
CHEWBROKKOLI
OliveBots
SELBSTEXPLODIEREND
NIEN MAMPF
CASHEW BACCA
QUI-GON INGWERWAFFEL
FRITT-GON JINN
SCHALO FETT
LANDO
KONSERISSIAN

TREEWOKS
BUTT CANE
KARP FENTUNA
JIE HA!
HONIGTAU-RÜCKEN
WILLY DIE WANDELNDE JEDI-WAFFEL
GENERAL WURZEL-BIER
MILLENNIUM BACON!
R2-TOFU
R2-STEAKO
R2-KNOLLO
R2-RIB-BQ!

BITTE RETTET MICH

VON AMY

Wisst ihr noch, was ich zu Rabbski gesagt habe? Dass ich nun wirklich keine Lust darauf hätte, dass jeder sich Puppen bastelt und den ganzen Tag lang Star Wars zitiert?

Ich habe mich geirrt. Worauf ich richtig ganz ehrlich wirklich keinen Bock habe, ist, dass alle Star-Wars-Puppen aus ihrem ESSEN basteln UND Star Wars zitieren.

Ich gebe ja zu, ich habe auch überlegt, aber ich hatte nur einen Plastikbeutel mit Müsli. Meine Mom erlaubt mir kein Junkfood.

Aber selbst wenn ich was gehabt hätte, hätte ich damit nicht so rumgenervt! Und so laut! Das müssen echt die lautesten Jungen auf der ganzen Welt sein!

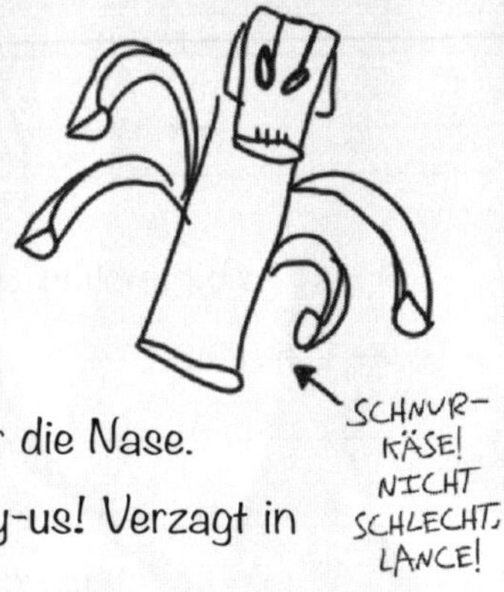

Hier ein kleiner Schnappschuss aus meinem Leben:

Lance macht einen Käseroboter.

Lance hält mir den Käseroboter vor die Nase.

Lance ruft: „Ich bin General Cheesy-us! Verzagt in Angst, Jedi-Abschaum!“

Dann brüllt Mike quer über den Gang: „Ich bin dein Falafel, Luke!“

Und dann lehnt sich Kellen hinter uns vor und kreischt: „Ich bin der Chokinquisitor!“, und ein Stück von seiner Puppe bricht ab und landet in meinem Haar!

Harvey lässt ohne Pause seine Gurke quatschen.

Und dann fängt Quavondo noch an: „Abgefahren! Diese Goldfischlis sehen irgendwie so aus wie Admiral Ackbar! Hauptreaktor des Todessterns angreifen!“

Dann schnippt er den Goldfisch mit dem Finger. Das Ding fliegt über den Gang und trifft mich genau gegen die Stirn.

„Oh, ’tschuldigung, Amy!“

Entschuldigung nicht angenommen, Admiral Spacko!

Ich versuchte mit Lance über etwas anderes zu reden – irgendetwas anderes ... aber er kaute gerade ein ganzes Päckchen Kaugummi auf einmal ... (sieht nicht gut aus, LanLan!)

„Aubenblibb", schlabberte er. „Ibb bill Bubba Wett machen."

Und das tat er dann auch noch ...

Ich starrte aus dem Fenster und weinte still in mich hinein ... Die Tränen fließen mir die Wangen hinunter und besprenkeln das Papier, auf dem ich gerade schreibe. (Na ja, nicht ganz, aber fast.)

Kommentar Harvey

Harveys Kommentar: Ich stimme Amy vorbehaltlos zu! Ihr alle seid laut, nervtötend und voll peinlich.

Dennoch muss ich noch einmal betonen: General Grievous ist ein Cyborg, kein Roboter!!!!!!

Mein Kommentar: Danke, Harvey. Ich bin sicher, dadurch fühlt sich Amy viel besser.

Amy, im Namen aller bitte ich dich um Entschuldigung. Wir haben uns hinreißen lassen. Aber eigentlich war es nur eine halbe Stunde. Dann bekamen einige Hunger und aßen ihre Figuren auf.

Nur nicht Imperator Gurkatine. Natürlich nicht. Harvey nutzte jede sich bietende Gelegenheit, ihn mir vor die Nase zu halten.

HINGEGUCKT!

VON MIKE

Nachdem die Snacks weg waren, stand ich auf und ging zur Toilette. Auf Einzelheiten verzichte ich, sagen wir einfach, dass genau mittendrin der Bus über einen Buckel fuhr.

Als ich aus der Kabine komme, fragt mich Mr Saubermann: „Hast du dir die Hände gewaschen?"

„Aber sicher!", antworte ich.

„Hast du den Türknauf mit einem Papierhandtuch angefasst?"

„Äh … nein … Was … Ich meine, es war auch eher ein Riegel … aber … nein?"

Er schickt mich zurück, damit ich mir die Hände

KELLENS HINWEIS: WENN IHR GLAUBT, DASS ICH WIEDER DEN RIEGEL MALE, HABT IHR EINEN AN DER NUSS!

noch einmal wasche und diesmal die Tür mit einem Papierhandtuch öffne.

Während ich drin bin, versucht er alle dazu zu bewegen, ein Lied darüber zu singen. Eigentlich war es mehr ein Rap: „Fass das nicht an!“

Als ich endlich (wieder) aus der Toilette komme – mit einem Papierhandtuch natürlich –, starren mich alle an. Ich glaube, selbst Mace Windu würde bei so was seine Coolness verlieren.

Aber dann hatte ich eine Idee. Weil mich jeder ansah, wäre das doch ideal, um ein Spiel anzufangen.

Ich zeigte aus dem Fenster und sagte: „Ist das ein Nilpferd oder ein Nashorn?“

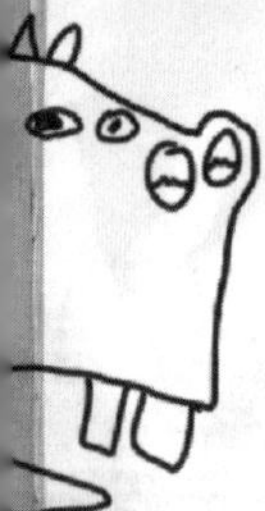

Sie guckten alle hin und ich sagte: „Willkommen bei ‚Hingeguckt!‘, dem Spiel, bei dem ihr gerade aus dem Fenster geschaut habt, um zu gucken, ob ein afrikanisches Landtier die Autobahn entlanggefahren kam. Gewinner der ersten Runde: ich.“

„Hingeguckt!“ ist ein Spiel, bei dem es darum geht, nicht hinzugucken, wenn man dazu aufgefordert wird. Cyndi und ich haben es auf der Fahrt mit den Kidz des Rechten Weges zum FreudenFest gespielt und wir hatten dabei mehr Freude als auf

dem FreudenFest. VIEL mehr!

Man versucht bei dem Spiel, den oder die anderen dazu zu bringen, aus dem Fenster auf etwas zu gucken, das nicht da ist. Für jeden, der hinsieht, bekommt man einen Punkt. Und die anderen bekommen einen Punkt, wenn sie NICHT hingucken.

Man kann spielen, indem man ruft: „Oh nein! Wir prallen gegen einen Elch!“ Oder man kann etwas subtiler sein und sagen: „Hm, normalerweise sieht man so weit südlich aber keine Elche.“

„Ich fürchte, dein erbärmlicher Versuch hat bei mir versagt“, sagte Imperator Gurkatine/Harvey. „Ich habe mich NICHT täuschen lassen.“

„Okay“, sagte ich. Er spielte sich nur auf, aber ich wollte fair bleiben. „Gut gemacht. Du bekommst einen Punkt, weil du nicht hingeguckt hast.“

„Och, nein!“, rief Amy. „Bitte sag mir, dass wir das nicht wirklich spielen!“

„Ihr spielt es ja schon“, entgegnete ich.

„Wenn ich Falt2-D2 dabeihätte, würde er dir etwas wirklich Fieses zupiepen“, sagte sie.

„Wie unhöflich“, sagte Lance. „Ich für mein Teil bin höchst angetan von dem Spiel. Wenn ich um eine

Erläuterung der Regeln bitten dürfte?"

Ich erklärte sie ihm.

„Ich habe Quavondo, Lance, Amy, Tommy und Kellen dazu gebracht, hinzugucken. Also habe ich fünf Punkte. Harvey und Dwight haben je einen, weil sie nicht hingeguckt haben."

„Aber Dwight hat nur deswegen nicht hingeguckt, weil er versucht, den alten Kamm rauszuziehen, der zwischen den Sitzpolstern klemmt", wandte Kellen ein.

„Das zählt trotzdem", sagte ich.

„Äh, Mike", sagte Amy. „Was ist denn, wenn wir wirklich etwas durchs Fenster sehen, das da zum Beispiel?" Und zeigte an mir vorbei aufs Fenster hinter mir.

Ich drehte mich um, um zu gucken, wovon sie redete. Aber da war nichts.

„Hingeguckt!", rief Amy.

„Du magst einige deiner erbärmlichen Freunde zum Hingucken bewegt haben", sagte Gurkatine, „aber ich kann dir versichern, dass ich nicht geguckt habe … Oh ja, ich …"

„Kannst du dir sparen, Gurkenmief!", erwiderte Amy. „Ich weiß, dass ich wenigstens vier erwischt habe: Mike, Quavondo, Tommy und Kellen."

„Kuhstampede!", rief Kellen und zeigte aus seinem Fenster.

Niemand sah hin. Offensichtlich wollte sich niemand mehr täuschen lassen, obwohl Lance und Kellen es immer wieder versuchten.

„Raumschiff!"

„Da sticht einer Autoreifen auf!"

„Der Busfahrer schläft!"

Dwight erwischte jeden – außer Harvey –, indem er plötzlich sagte: „An dem Kamm kleben mumifizierte Popel." (Das stimmte nicht, aber Mr Saubermann bekam es mit. Er fand einen gebrauchten Kamm grundsätzlich ekelerregend und verlangte von Dwight, dass er sich die Hände mit zwei verschiedenen Sorten von Feuchttüchern reinigte. Er warf den Kamm ins Klo und wischte sich selbst die Hände ebenfalls mit beiden Sorten Feuchttüchern ab.)

Niemand erwischte je Harvey. Er weigerte sich, irgendwohin zu sehen. Wenn man versuchte, ihn zu erwischen, sah er einen nur an, wedelte mit seiner stinkigen Gurke und sagte: „Erbärmlicher Versuch!" Ich war entschlossen, ihn zu erwischen – um jeden Preis.

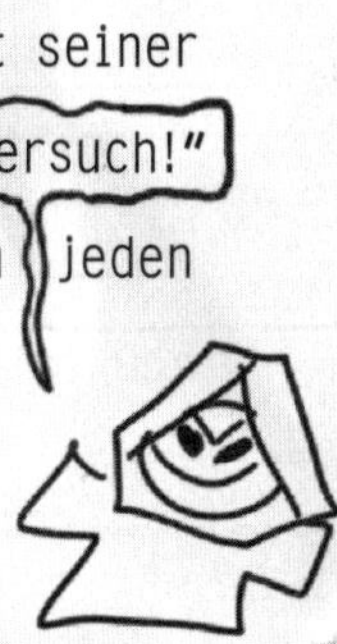

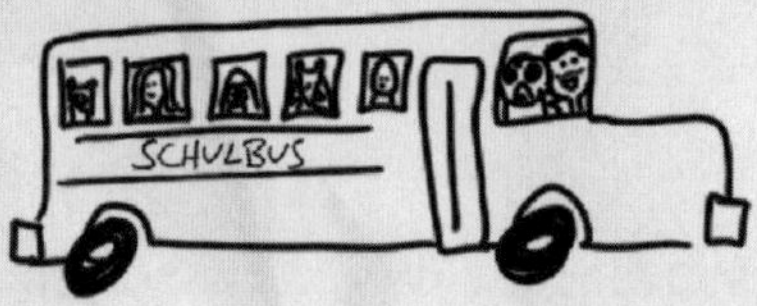

Dann rief Lance: „Guckt mal, Leute! Da ist der Schulbus! Wir überholen ihn!!!"

Ich hätte gern hingeguckt, aber ich widerstand der Versuchung.

„NEIN, echt! Wirklich! Auszeit! Ihr werdet es verpassen!"

„He! Da ist Sara!", rief Amy.

Ich konnte nicht mehr und sah hin. Der Bus war wirklich da.

Wir sprangen alle von den Sitzen auf und riefen und winkten. Nicht nur unser „Partnerklub", sondern alle im Bus. Die Kinder im anderen Bus konnten uns nicht hören, aber ihr kennt das ja selber, es war uns egal.

„Mr Howell ist in dem Bus!", gellte Tommy, „und er ist nackt!"

Ich hatte während des ersten Teils von Tommys Satz nach Howell Ausschau gehalten, aber als ich „nackt" hörte, wusste ich, dass es zum Spiel gehörte, und drehte mich weg.

Ein großer Streit entbrannte über der Frage, wie viele Punkte Tommy nun erhalten sollte. Tommy behauptete, dass Harvey aus dem Fenster geblickt

habe, doch Harvey erwiderte, er habe nur sicherstellen wollen, dass die Schüler im anderen Bus die Großartigkeit von Imperator Gurkatine erkannten. (Klar, ich bin sicher, sie waren total beeindruckt.)

Ich war jetzt umso entschlossener, Harvey nach allen Regeln der Kunst zur Strecke zu bringen, und zwar so, dass er sich nicht wieder herausreden konnte.

Miss Bauer kam nach hinten und schimpfte uns alle wegen der Sache mit der Nacktheit aus, obwohl nur Tommy davon gesprochen hatte. Dann hielt sie Mr Saubermann eine Standpauke, und er versprach, dafür zu sorgen, dass wir leise waren. Er hielt uns einen Vortrag über unser Verhalten, der aber irgendwie dazu überging, dass unsere Körper sich veränderten und wir bald Deo benutzen müssten.

Das war es wert. Das war es absolut wert.

Kommentar Harvey

Selbst wenn ich hingesehen hätte – was ich nicht habe –, hätte ich das Spiel trotzdem mit einer Million Punkte Vorsprung gewonnen!

Mein Kommentar: Als wir am Bus vorbeifuhren, konnte ich Sara zuwinken, und sie winkte zurück. Es sah aus, als würde sie sagen: „Ich wünschte, ich wäre bei dir!" Ich nahm an, dass das vermutlich genau das war, von dem ich mir wünschte, dass sie es sagen würde, aber später sagte sie mir, dass sie genau das gesagt habe, weil sie es echt richtig schrecklich fand.

ABER: Dass wir ihr zuwinkten, half ihr ...

HAN ROLO + GLÜCKS-COOKIEE*

HAN ROLO UND DER GLÜCKS-COOKIEE

VON SARA

Also, die erste Stunde meines Schulausflugs verlief so:

Rhondella [guckt aufs Handy]: Er hat noch nicht geschrieben!

Rhondella [versteckt das Handy]: Wann schreibt er denn endlich?

Rhondella [guckt aufs Handy]: Er hat noch nicht geschrieben!

Rhondella [versteckt das Handy]: Wann schreibt er denn endlich?

Rhondella [guckt aufs Handy]: Er hat noch nicht geschrieben!

Rhondella [hält mir das Handy vors Gesicht]: OMG!!! Es ist von ihm!!!! OMG! Er hat ein Selfie geschickt!!!! OMG! Ist er nicht süß? Guck, Sara. Guck doch!

Rhondella [guckt aufs Handy]: Ich schicke ihm eins zurück. Pass auf, dass Rabbski nichts sieht, solange ich

*KÜNSTLERISCHE DARSTELLUNG. IN WIRKLICHKEIT HAT SARA MIT EINEM SCHOKOLADENKLUMPEN UND EINEM ZERBROCHENEN COOKIE OHNE GESICHT GESPROCHEN.

eins mache. Wenn nur mein Haar nicht so strubbelig wäre!

[VIERZEHN SEKUNDEN GNÄDIGES SCHWEIGEN.]

Rhondella [hält mir das Handy vors Gesicht]: OMG, hier ist wieder eins. Das. Ist. Ja. Noch. Süßer!

Darauf hatte ich mich gefreut? Dafür hatte ich Tommy einen Korb gegeben?

Wenn ich Darth Paper gehabt hätte, wäre ich aufgestanden und hätte gebrüllt: „NEEEEEEIIIIIN!" Wenn ich meinen Wookiee-Propheten dabeigehabt hätte, fiel mir ein, dann hätte er mich vielleicht sogar aus diesem Schlamassel befreien können!

Aber ich hatte Rabbskis Origami-Verbot befolgt und Chewie und Han Falzo zu Hause gelassen. Tatsächlich hatte das auch Rhondella zur Bedingung gemacht, als ich sie fragte, ob sie neben mir sitzen wollte.

‚Na', dachte ich, ‚wenigstens ist Rhondellas schmalziger Freund bald in der Schule, dann hören sie auf zu schreiben und ich habe sie für mich.'

Aber dann sagte sie: „OMG, SARA! Er schmuggelt heute sein Handy in die Schule! Dann können wir den ganzen Tag lang simsen! Er ist soooooooooooooooo süüüüüüüüüüüüüüß!"

Ich wollte mich gerade unter dem Sitz verkriechen und dort für den Rest der Fahrt auch bleiben, als alles im Bus anfing, auf die Fenster zu zeigen.

Ein moderner Reisebus überholte uns. Durch die getönten Fensterscheiben des anderen Busses – unserer hatte natürlich ungetönte – war kaum etwas zu erkennen, aber es sah so aus, als würden dort alle winken und rufen.

Dann sah ich jemanden, der AMY sein MUSSTE (der Frisur nach), neben ihr ein magerer Schatten (Lance!), der mir mit irgendeinem Klumpen zuwinkte. Hinter ihm war jemand Großes – Harvey? –, der mir definitiv mit etwas Schwarzem zuwedelte. Und vor ihm beugte sich jemand vor: Tommy! Er musste es sein. Oder vielleicht wollte ich auch nur, dass er es ist.

Jedenfalls, ich glaube, er war es.

Und dann plötzlich wurde irgendein Klumpen gegen die Scheibe gedrückt ... mit GROSSEN OHREN! ... YODA! Dwight hatte irgendwie einen Origami-Yoda gemacht! Und dann sah ich, wie er ihn verspeiste ...

Und dann bemerkte ich, dass auch Tommy eine Puppe schwenkte. Sie sah aus wie ... Bibo?*

„Ich wünschte, du wärst es“, hauchte ich ihm zu.

All das geschah in den knapp zehn Sekunden, in denen

* NIEMAND KANN SICH ERKLÄREN, WORAN SARA DA DENKT.

der moderne Reisebus an uns vorbeizog, dann scherte er vor uns ein und ließ uns seinen Staub schmecken ...

ABER ich fühlte mich besser als vorher. Mir war klar, was ihr gemacht hattet: Ihr hattet aus euren Snacks Star-Wars-Figuren gebastelt! (Na gut, Yoda ist der Einzige, den ich erkannt habe, aber was solltet ihr schon anderes machen?) Ich hoffte nur, Rabbski hatte nicht genau genug hingesehen, um sie zu erkennen.

Und ich wusste jetzt, woher ich die Hilfe bekommen konnte, die ich so dringend brauchte.

Rhondella plapperte noch immer die ganze Zeit, guckte alle zwei Sekunden auf ihr Handy und versteckte es wieder, dann holte sie es wieder raus ... eine Endlosschleife.

Ich holte meinen Beutel mit den Snacks aus dem Rucksack.

Die Macht war mit mir! Ingwerplätzchen – nicht nur meine Lieblingskekse; ich brauchte einen nur zweimal durchzubrechen und hatte so etwas wie einen Wookiee-Propheten ... einen Cookiee-Propheten vielleicht oder einen Glücks-Cookiee ...

(Kellen, bitte zeichne mir davon ein Bild!)

Natürlich funktionierte es nicht wie der echte Wookiee-Prophet, denn der Keks hatte keine Klappen, die man anheben konnte, um Antworten zu bekommen, aber ich war mir sicher, er würde helfen. Deshalb ging ich den Satz ab: „Hilf mir, Chewbacca, du bist meine einzige Hoffnung“, und landete auf dem linken unteren Viertel des Kekses. Ich drehte es um und … Natürlich standen da keine Worte, aber die Botschaft hatte ich im Kopf: „RGGGHHRRRRWWWRR!!!“

Oh nein! Ich brauchte Han Falzo zum Übersetzen!

Ich hatte zwei Müsliriegel. Der eine sah ein bisschen aus wie Han im Karbonit, aber was nutzte mir das? Solange er im Karbonit eingeschlossen war, konnte er nicht reden.

„Rhondella, kann ich mal sehen, was du für Snacks hast?“, fragte ich.

Sie reichte mir ihren Beutel, ohne auch nur vom Handy aufzublicken.

‚Vielleicht hat sie etwas Schinken für Ham Solo‘, dachte ich. ‚Oder Flan! Bei ihr zu Hause essen sie doch dauernd Flan! Flan Solo, der Retter in der Not! … Aber … Nein, sie hat nur eine ganze Tüte billige Pralinen. Da lass ich mich lieber von einem Wookiee küssen‘! Aber das nützte mir auch nichts.

Also fing ich an rumzufragen … und gewann den Großen Preis! Cassie hatte Rolos dabei! HAN ROLO!

Mit dem Fingernagel kratzte ich einen Smiley in einen. Sehr nach Han Solo sah er nicht aus (bitte ein Bild, Kellen!) …

… ABER ES KLAPPTE!

„Chewie sagt, das Handy muss weg!“

„Aber wie?“ (Das spielte sich übrigens alles nur in meinem Kopf ab.)

Chewie: GRRRRR!

Han: Er sagt: „Schmeiß es aus dem Fenster, Kleines!“

Ich: Auf keinen Fall! Rhondella würde mich zwingen, es zu bezahlen! Rabbski würde mich von der Schule werfen!

Han: Ach ja, Rabbski … Die ist abgebrühter als Bossk, wenn er ’nen schlechten Tag hat! Die erledigt das für dich.

Ich: Wie kann …

Han: Du musst wie ein Schurke denken, Kleines!

Ich war besser darin, wie ein Schurke zu denken, als ich erwartet hätte. Nach ungefähr dreißig Sekunden kam ich darauf. Die Antwort war so einfach.

Ich stand heimlich auf und schlich den Gang entlang zu Jen. Ich wusste, dass sie auch ein Handy in den Bus geschmuggelt hatte!

„Ich habe einen Auftrag für dich. Ventress-Stil“, flüsterte ich. „Ruf in zehn Minuten Rhondella an. Leg

wieder auf und versteck dein Handy, ehe sie rangeht."

„Kann ich nicht bloß eine SMS schicken?"

„Nein, du musst anrufen."

„Aber ..."

„Pst! Wenn sie dich je fragt, wieso du angerufen hast, sagst du, du hättest dich versehentlich auf dein Handy gesetzt ..."

„Aber ..."

„Ich erklär's dir später. Und ... du hast was gut bei mir."

Ich glaube, Rhondella hat nicht einmal bemerkt, dass ich mit Jen redete. Sie war damit beschäftigt, mehr Fotos von sich zu schießen und sie ihrem blöden Freund zu schicken.

„Lass mich eins machen", sagte ich. „Der Winkel ist besser."

„Okay, aber pass auf, dass Rabbski mein Handy nicht sieht", flüsterte sie.

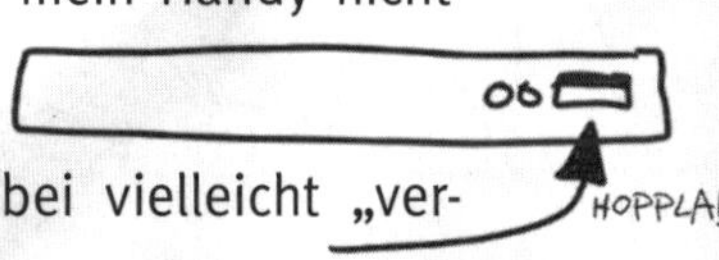

Ich machte ein Foto und habe dabei vielleicht „versehentlich" den Klingelton angestellt. Ich gab ihr das Handy zurück, und sie wandte sich wieder ihrem Freund zu.

Und etwa zehn Minuten später klingelte ihr Handy! Es war SUPERLAUT!!! Ihr Klingelton gellte: „OH-OH! KISS THIS KISS! OH-OH, KISS THIS KISS ..."

Bevor Rhondella es abstellen konnte, hörte es wieder auf.

Und noch ehe das Echo verhallt war, stand Rabbski neben uns ...

Das Handy wurde konfisziert. Eine halbe Stunde lang grummelte Rhondella vor sich hin.

Und dann hatte ich sie für den Rest des Tages für mich!

Kommentar Harvey

Brillanter Plan, Sara! Höchst beeindruckend!

Mein Kommentar: Wow, ich muss Harvey recht geben. Ich wusste nicht, dass Sara zu solchen Schurkereien fähig ist!

GURKATINE VS. APFELKERN

VON MIKE

Allmählich nervt mich meine Aufgabe als Hüter des Holocrons ein bisschen.

Es war eine Sache, als wir gegen die Mächte des LernSPASS-Bösen kämpften … aber jetzt ordne ich quasi nur noch Harveys Beschwerden, sein Gejammer und seine Rüpelheiten. (Das Wort ist ein Murkyismus – das heißt spackohaft freche Bemerkungen.)

Und so nervtötend Harvey ganz allein schon ist, er nervt noch mehr, wenn er mit seinem Imperator Gurkatine wackelt und einen mit ihm beleidigt:

„Ich stelle fest, du irrst dich … bei sehr vielen Dingen."

„Kannst du ein bisschen leiser kauen, unbedeutender Mensch?"

„Es ist, wie ich vorhergerochen habe … Durch diese erbärmlichen Chips riecht dein Atem wie deine Füße."

„Ja … gut … ich spüre deinen Zorn! Bald hast du deinen langen Weg zur Sauren Seite der Macht beendet."

Wahrscheinlich ist es gut, dass Rabbski das Holocron konfisziert hat, denn so fühle ich mich nicht verpflichtet, alles aufzuschreiben. Das da oben sind nur die Frechheiten, an die ich mich erinnere.

An den Zwischenfall mit Johnny Apfelkern erinnere ich mich natürlich komplett!

Amy sagt: „Oh, guckt mal, eine große Statue von Johnny Apfelkern."

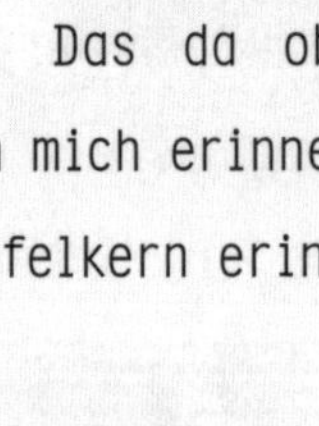

Niemand sieht hin.

„Nein, echt, Leute – guckt doch!"

Niemand guckt.

„LanLan … ich befehle dir hinzusehen! Schnell!!!!"

(LanLan ist ihr verstörender Kosename für Lance.)

Lance sieht hin.

„Heiliger Wampa! Da ist wirklich ein riesiger Johnny Apfelkern!"

Jetzt sahen die anderen Kinder im Bus auch alle auf diese Seite und sagten: „Johnny Apfelkern!", oder, in einem Fall: „Justin Bieber mit einem Apfel!"

Daher sagte ich mir, dass ich gefahrlos hinsehen konnte. Und Quavondo, Tommy und Dwight auch.

Die Statue war STOOKY!!!!! Dort stand wirklich, voll im Ernst, eine riesige Statue von Johnny Apfelkern vor einem Restaurant!

Nur Harvey weigerte sich hinzusehen. Und dann waren wir vorbei.

„Noch ein erbärmlicher Versuch … und noch ein Punkt für mich, den wahren Meister dieses Spiels!"

„Aber sie war da, Harvey."

„Aber klar. Ganz sicher. Jetzt bekomme ich einen Punkt für jeden, der behauptet, sie gesehen zu haben … sechs, würde ich sagen. Damit gewinne ich und bin der wahre Mei…"

„Nein, du Idiot!", rief Amy. „Sie war da.

Du bekommst keinen Punkt. Du solltest Punktabzug bekommen, weil du sie nicht gesehen hast!"

„Falsch!", stieß Imperator Gurkatine hervor. „Mich täuschst du niemals, törichtes Mädchen!"

„Von wegen falsch! Du liegst falsch! Und du bist ein Arsch! Wenn du je wieder in diesem Ton mit mir redest …" Amy beugte sich über den Gang und versuchte, Gurkatine zu zerquetschen.

„Glaubt jede Kleinigkeit, den eure kleinen Hirne glauben wollen. Ich liege falsch, und da steht wirklich ein riesiger Johnny Apfelkern. Und er hat einen magischen Apfel, der Lieder singt und …"

„Er war da, Harvey!", brüllte Tommy. „Wir haben ihn alle gesehen!"

„Aber natürlich hast du ihn gesehen, Tommylein", sagte Harvey.

„DU …"

„Gibt es dahinten ein Problem?", fragte Miss Bauer. „Wo ist eure Aufsichtsperson? Mr Sauberm… Äh, Adam?"

Mr Saubermann streckte den Kopf aus der winzig kleinen Toilettenkabine.

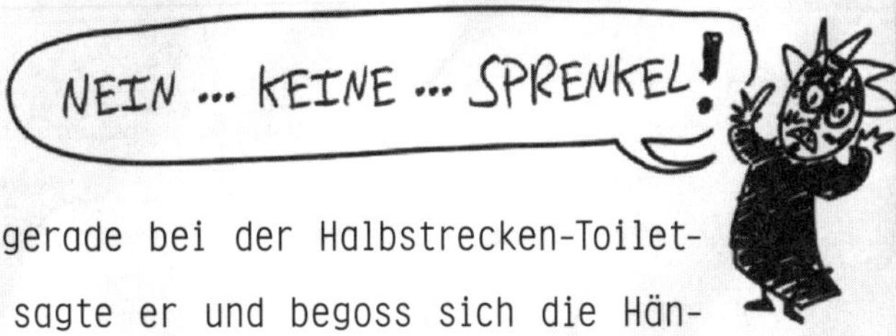

„Ich bin nur gerade bei der Halbstrecken-Toilettenreinigung!", sagte er und begoss sich die Hände mit Desinfektionsmittel. Er flüsterte: „Es hat Sprenkel gegeben ..."

„Nun", sagte Miss Bauer. „Hier ist viel geschrien worden und ich finde ..."

„Dafür habe ich genau das Richtige!", sagte Mr Saubermann. „Noch ein Lied zum Mitsingen! Damit machen wir aus diesen Grummlern richtige Grinser!"

Er brachte uns ein Lied bei, das hieß: „Ärger ist der ansteckendste Keim von allen", und wir mussten es mit Seifenblase im Chor singen und so tun, als würden wir uns die Hände waschen.

„Schrubb! Schrubb! Schrubb den Ärger weg!"

Miss Bauer stapfte zu ihrem Platz zurück. Sie sah eindeutig nicht so aus, als hätte sie sich ihren ganzen Ärger weggeschrubbt.

Aber das Lied brachte wirklich was. Ein bisschen. Alles wurde so weit still, dass niemand mehr brüllte, aber Amy sah aus, als stände sie kurz vor dem Explodieren, und für den Rest des Ausflugs konnten wir „Hingeguckt!" nicht mehr spielen.

Kommentar Harvey

Das Spiel abbrechen? Oh nein ... ich fürchte, es wurde nie abgebrochen. Es wurde GEWONNEN ... von mir! Ihr habt nur aufgegeben, denn ich bin für alle Zeiten der Großmeister des Spiels!!!!!!!!! IN DEN STAUB VOR MIR, UNWICHTIGE MENSCHLEIN!!!!!

Mein Kommentar: Wie bitte? Großmeister? Vielleicht wirfst du einen Blick auf dieses Foto, das Jen mit ihrem eingeschmuggelten Handy gemacht hat, als ihr Bus an der Statue vorbeifuhr ...

Harveys zweiter Kommentar

Kein Kommentar.

DIE 5 SELTSAMSTEN DINGE, DIE DWIGHT IM BUS GEMACHT HAT

VON KELLEN

1. Dwight stellte seinen Sitz zurück und machte dabei „Pschhhhhh". Dann ließ er ihn wieder vorkommen mit einem „Tscha-kwwwww-pfft." Stellte ihn zurück und machte „Pschhhhhh". Ließ ihn wieder vorkommen mit einem „Tscha-kwwwww-pfft." Stellte ihn zurück und machte „Pschhhhhh". Ließ ihn wieder vorkommen mit einem „Tscha-kwwwww-pfft." Und so weiter und so fort, bis Mr Saubermann ihm sagte, er soll damit aufhören. Ich glaube, das war wirklich das einzige Mal während der ganzen Fahrt, dass Mr Saubermann einen von uns aufgefordert hat, etwas zu lassen.

2. Danach drückte er nur noch den Knopf, mit dem man den Sitz verstellen kann, und er klickte jedes Mal, so etwa … ich schätze einfach: zwei Millionen Mal.

3. Jedes Mal, wenn wir über einen Buckel fuhren – und davon gab es eine Menge –, machte Dwight „WAH!“ und warf die Hände in die Luft, als wäre der Buckel riesig. JEDES MAL!

4. Er ging aufs Klo, und als er versuchte rauszukommen, rappelte er die ganze Zeit mit der Tür. Dann hörten wir ihn rufen: „Eichhörnchen, rettet mich!!!“ Deshalb rief ich: „Dwight, da ist ein kleiner Riegel, den du umlegen musst.“ In der nächsten Sekunde kommt er raus, als wäre absolut nichts geschehen. Aber natürlich hat er vergessen, den Türriegel mit einem Papierhandtuch anzufassen. Mr Saubermann schickte ihn also wieder rein. Als Nächstes hörte ich ihn rufen: „Eichhörnchen, rettet mich!!!“ SCHON WIEDER! „Dwight, leg den Riegel mit einem Papierhandtuch um!!!“, rief ich.

5. Weil er nur Fruchtgummirollen dabeihatte, habe ich Dwight ein paar Käsechips gegeben. Eine kleine Handvoll, vielleicht sechs oder sieben. Als er sie gegessen hatte, war sein ganzes Hemd von orangen Fingerabdrücken übersät! Ist das mit wissenschaftlichen Erkenntnissen überhaupt erklärbar? Es waren nur sechs Käsechips! So viel oranges Würzpulver kann da gar nicht drauf sein!

Kommentar Harvey

Kellen, du hast mein volles Mitgefühl. Du hast den schlimmsten Buspartner bekommen, aber du hast dein Los mit Anmut und Würde getragen.

Mein Kommentar: Den schlimmsten Buspartner? Ich wusste ja nicht, dass es da einen Wettbewerb gab, aber MIR fällt da noch ein Favorit ein für den 1. Platz! <hust> Harvey <hust> Cunn <hust> ingham <hust>

Kommentar Kellen

ALSO, ICH WOLLTE MICH EIGENTLICH GAR NICHT ÜBER DWIGHT BESCHWEREN – NA JA, VIELLEICHT PLATZ 2. ER WAR EIN LUSTIGER BUSPARTNER UND WENIGSTENS HAT ER NICHT [ENTFERNT, UM NICHTS ZU FRÜH ZU VERRATEN] WIE HARVEY.

NEUES AUS DEM LANGSAMEN BUS

VON CASSIE

Tommy, hier Cassie.

Jen hat mir ihr Handy geliehen, damit ich dir eine Livemeldung aus unserem Bus mailen kann. Ich weiß, du bekommst sie erst, wenn wir wieder zu Hause sind, aber hier gibt es sonst nicht viel zu tun, also:

Die gute Nachricht: Sherlock Dwight hatte recht, wir haben an einer Raststätte gehalten! So viel besser, als im Bus aufs Klo gehen zu müssen!

Die schlechte Nachricht: Mit Rabbski und Howell zu fahren ist nicht gerade eine Traumreise! Nachdem sie anfangs wie eine Furie wirkte, hat sie sich beruhigt, aber keiner traut sich, Blödsinn zu machen oder zu laut zu sein.

Tja, und Howells Partnerklub ... die haben zu viel

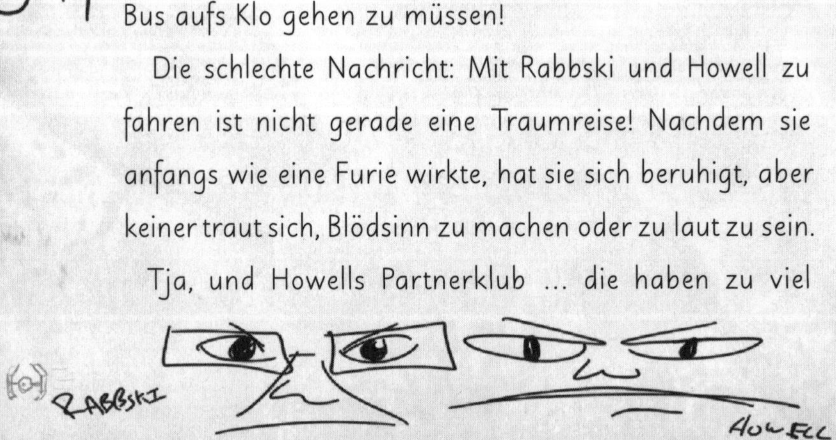

Angst, um sich auch nur zu rühren! Er schnauzt sie wegen jeder Kleinigkeit an und jetzt sitzen sie einfach nur still da. Die armen kleinen Kerle! ☹

Okay, Jen möchte ihr Handy zurück, weil sie Angst hat, Rabbski könnte mich damit erwischen, also …

P.S.: Sara sagt: xoxoxoxo

P.P.S.: Grüß Kellen von mir.

Kommentar Harvey

Wenn mir klar gewesen wäre, wie sehr die Toilette im Bus stinken wird, dann hätte ich auch auf Sherlock Dwight gehört. Kann sich nicht mal jemand was einfallen lassen, wie man den Geruch hinten aus dem Bus rausbläst, statt nach vorn in den Sitzbereich rein? Diese widerliche Mischung aus normalem Klogestank und hochgiftigen Chemikalien, die nach Blumen duften sollen … Ich glaube, sie zerfressen mir die Hirnzellen. Das ist wie LernSPASS in einer Flasche.

Mein Kommentar: Die Toilette stank? Mann, das hab ich gar nicht bemerkt … WEIL MIR JEMAND DIE GANZE ZEIT EINE GURKE UNTER DIE NASE GEHALTEN HAT!!!!!!!!!

Außerdem … Was soll das mit Cassies P.P.S.? Könnte sie …? Heißt das, sie …? Ist sie …?

DER REST DER BUSFAHRT

VON TOMMY

Danach war alles ein bisschen unangenehm und ganz schön langweilig.

Amy war richtig sauer und nörgelte die ganze Zeit.

Harvey beklagte sich in einem fort und ließ Gurkatine böse kichern und fiese Bemerkungen machen.

Ich verbrachte die Zeit damit, mir zu wünschen, ich hätte mir einen anderen Sitznachbarn ausgesucht. Ich flehte Kellen an, mit mir zu tauschen, aber er fragte nur: „Sag mal, bist du irre?“

Außerdem waren Dwight und er eifrig damit

beschäftigt, aus einer Fruchtgummirolle einen Van-Jahnke-Yoda zu basteln.

Quavondo und Mike versuchten, eine Liste aller berühmten Hunde aus Fernsehen, Büchern und Filmen zu machen, aber weil sie so weit von mir weg saßen, war es schwer, ihnen zuzuhören, und immer wenn ich etwas vorschlug – Rolf von den Muppets zum Beispiel –, sagten sie, dass sie den schon hätten. Deshalb wurde das auch langweilig.

Das einzig Interessante, was vor unserer Ankunft in Washington noch passierte, ereignete sich, als wir von der Interstate 81 auf die Interstate 66 wechselten.

„Führt die Order 66 aus", sagte der Busfahrer über die Sprechanlage. Wir hatten den coolsten Busfahrer auf der ganzen Welt! Im Gegensatz zu vielen Erwachsenen kannte er die wichtigen Stellen aus den ersten drei Filmen!

Ich dachte, wenn wir auf eine andere Autobahn wechselten, wären wir fast am Ziel, aber wir fuhren einfach immer weiter.

Aber endlich gab es etwas zu sehen. Zuerst wurde die Straße immer breiter und mehrspurig.

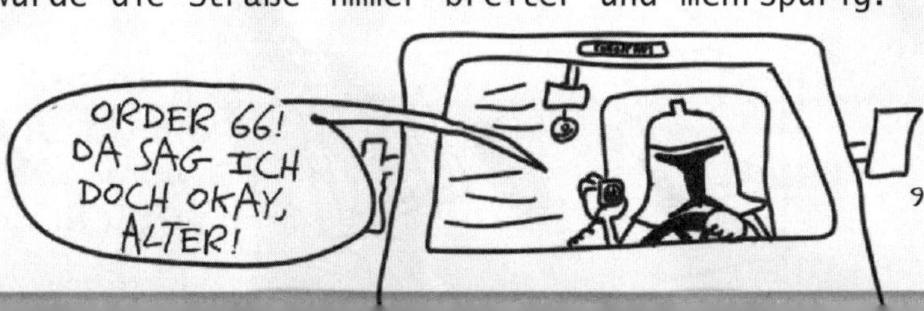

Dann gab es richtig viel Verkehr. Dann sahen wir die U-Bahn – die an manchen Stellen oberhalb der Erde fährt. Dann überquerten wir eine Brücke und sahen das Washington Monument!

Miss Bauer übernahm das Mikrofon und erklärte, was wir uns ansehen würden: Das Jefferson Memorial. Das Lincoln Memorial. Das Kit Fisto Memorial. Und so weiter, und so fort.

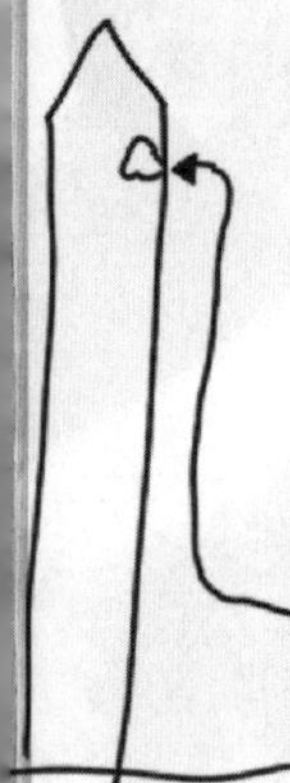

Wir hielten am Washington Monument und stiegen alle aus und gingen hin und her und fassten es an, aber wir gingen nicht darin nach oben. Miss Bauer erzählte uns, dass einer der Steine, aus denen es besteht, aus der Gegend kommt, in der wir leben.

Dann gingen wir zum Lincoln Memorial und wieder zurück zum Bus.

Danach fuhren wir am Weißen Haus vorbei, was ziemlich cool war, aber wir stiegen dort nicht aus. Als Nächstes fuhren wir am Kapitol vorbei und dann an der National Mall, die aber gar kein Einkaufszentrum ist, sondern nur die leere Fläche zwischen den ganzen Museen. Der Bus hielt dort, wo schon andere Busse unserer Schule standen. Ich konnte es nicht erwarten, Sara wieder-

zusehen, aber ihr Bus war noch nicht angekommen.

Unser Busfahrer lud die Kühlboxen mit unseren Lunchtüten aus.

Dann fuhr er weg, um den Bus irgendwo zu parken. Lance fragte ihn, was er tun würde, während wir ins Museum gingen.

„Den Dreck aufsammeln, den ihr überall in meinem Bus verteilt habt“, sagte er. Vielleicht war er doch nicht so cool.

Wir gingen mit Mr Saubermann ein Plätzchen suchen, wo wir zu Mittag essen konnten.

Alle anderen Partnerklubs durften unter Bäumen sitzen. Doch Mr Saubermann sagte, da könnte es allzu leicht passieren, dass „die Vögel uns das Sandwich garnieren“. Deshalb standen wir einfach auf dem Bürgersteig rum.

Kommentar Harvey

Nachdem er sagte, dass „die Vögel uns das Sandwich garnieren“, hatte ich keinen Appetit mehr.

Mein Kommentar: Ja, und vorher mussten wir uns alle wieder die Hände desinfizieren. Danach stanken meine Hände so sehr, dass ich mein Sandwich kaum essen konnte, ohne zu würgen.

Die ganze Zeit habe ich auf Saras Bus gewartet! Aber er war so langsam!!!! Ich war schon fast sicher, dass ich Sara den ganzen Tag nicht sehen würde, weil ihr Partnerklub auch noch in ein anderes Museum ging.

Einige von den Gebäuden waren ziemlich cool gewesen, aber bisher war dieser Ausflug alles andere als das Abenteuer, das unser Leben veränderte, von dem Origami-Yoda gesprochen hatte! Wir hatten so sehr dafür gekämpft … und jetzt kam es uns vor, als sei es die Mühe nicht wert.

Aber dann wurde alles ~~besser~~ …

SCHLIMMER!

NOSTRUL! PIKPOK! GRUNDLICH! TOTALES FISCHMASTER-DESASTER! ICH HABE DA EIN GANZ MIESES GEFÜHL! BLURAY-

NEEEEEEEEIN!

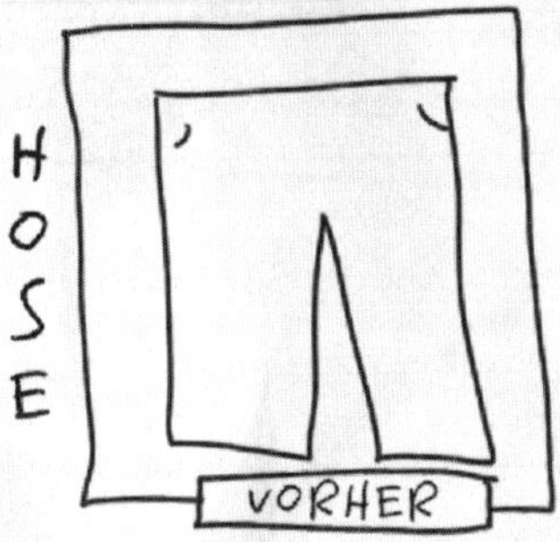

ORIGAMI-YODA UND DER PEINLICHE FLECK, EPISODE II

VON KELLEN

Wieso ich?

Wie kommt es, dass ich am Ende immer wie ein Idiot dastehe, ohne irgendwelche Schuld zu haben?

Und wer ist diesmal schuld? Lance! Mein EHEMALIGER Freund Lance!

Ihr erinnert euch an die Regel, was wir für diese Fahrt als Mittagessen einpacken durften, oder? Wir sollten eine Flasche Wasser mitbringen oder Saft oder dergleichen. Keine Limo war die Regel! Keine LIMO!

Wie sich herausstellte, hatte das einen sehr

guten Grund, von fructosereichem Maissirup und solchen Sachen mal abgesehen.

Wir standen also alle herum, weil Mr Saubermann nicht wollte, dass wir uns zum Essen hinsetzen. Alles packte sein Essen aus und wünschte sich, etwas Besseres mitgebracht zu haben. (Das heißt, jeder außer Dwight, der absolut zufrieden war mit seinem gefrorenen Rib-B-Q-Fleisch, das nur angetaut war, sodass er im Grunde ein Rib-B-Q-Wassereis aß.)

Lance: Guckt euch das an, Leute! In meinen Händen halte ich das Stookyste aller Zeiten.

[Tja, das schien mir die Aufnahmetaste wert.]

Harvey: Die gleiche widerliche, fleckige Wasserflasche, die du jeden Tag mit in die Schule bringst? Super!

[Ausnahmsweise war ich mit Harvey völlig einer Meinung.]

Lance: Das ist ja das Tolle daran! Sie sieht aus wie immer. Aber es ist nicht die Gleiche wie immer. Ich habe mir Gedanken gemacht, wie wir diese Fahrt möglichst angemessen verbringen können.

Ich (Kellen): Mit einer schmutzigen Wasserflasche?

Lance: Alter, wichtig ist nur, was IN der Flasche ist.

Harvey: Okay, könnten wir langsam zum Clou kommen? Was ist in deiner Wasserflasche?

Lance: Zitronenlimo!

Mike: Du darfst aber keine Limo zum Mittagessen haben!

Lance: Na, das weiß ich! Deshalb ist sie ja auch in meiner normalen Wasserflasche.

Ehe ich weitererzähle, muss ich erklären, wie Lance' Wasserflasche aussah, falls jemand in hundert Jahren diese Fallstudie liest und nicht weiß, wovon ich rede.

Die Flasche ist aus Plastik und vor langer Zeit waren da mal Yoda und zwei Klonkrieger drauf. Sie sind jetzt zum größten Teil abgerieben oder zugeschmiert. Auf der Öffnung ist ein Schraubdeckel, aus der ein total verdreckter, zerkauter Trinkhalm guckt. Der Halm hat eine

eigene Schraubkappe, damit kein Wasser raussickert.

„So, dann lasst euch mal euer Wasser schmecken, während ich einen großen Schluck LIMO nehme!“, rief Lance.

„Warte … warte …“, sagte Dwight.

Und Dwight fing an, einen Fruchtigami-Yoda zu falten.

Aber Lance wartete nicht. Er griff nach der Schraubkappe.

Die Fruchtgummirolle fing schon an, wie Yoda auszusehen. Nur noch zwei Falze …

Lance drehte an der Schraubkappe …

Die Fruchtgummirolle sah aus wie Origami-Yoda, und Dwight steckte sie sich auf den Finger.

„Kohlensäure … ein mächtiger Verbündeter sie ist …“, sagte Origami-Yoda, „aber hüten du dich musst vor …“

Die Kappe war ab.

Die Limo schoss aus dem Trinkhalm!

Ein hellgelber Strahl raste durch die Luft, quer über den Bürgersteig …

… schimmerte einen Moment lang im strahlenden Licht der Sonne …

… tanzte in der Luft vor dem Washington Monument und den Kirschbäumen …

… wie ein gelber Regenbogen über der Hauptstadt unseres Landes …

… ein gelber Regenbogen, der … auf meiner Hose endete!

NACHHER

Und ihr wisst auch, wo genau auf meiner Hose er landete, oder?

Harvey und Tommy kriegten sich nicht ein vor Lachen. Amy rief: „Ach du lieber Nox!!“ Und Lance stand bloß da, im Gesicht ein großes blödes Jar-Jar-Grinsen!

Und dann plötzlich kam eine weitere Busladung Schüler auf den Bürgersteig.

‚NEEEIN!‘, dachte ich. ‚Nicht …‘

Aber es war … Rhondellas Bus.

Und da war sie …

Sie lachte nicht. Alle anderen aus dem Bus lachten sich kaputt, aber sie nicht.

Und das machte es irgendwie noch schlimmer.

„Er hat sich nicht in die Hose gemacht! Es SIEHT NUR SO AUS!“, rief Lance, als sie alle vorbeilatschten. Und das machte es DEFINITIV schlimmer.

Also stehe ich dort auf der National Mall mit einem großen Fleck auf der Hose, der wie Pipi aussieht, aber keins ist, und ich weiß endgültig, ein für alle Mal, dass ich nie im Leben wieder eine Chance bei Rhondella haben werde. Der Traum ist ausgeträumt.

Fruchtigami-Yoda: Die ganze Hose du musst machen nass …

Ich: Toll … danke …

Kommentar Harvey

Kellen ist eben nicht nur hinter den Ohren nicht trocken.

Mein Kommentar: Oh Mann, das war aber auch echt zum Totlachen … Tut mir leid, dass es ausgerechnet Rhondella sehen musste, Kellen. Aber vertrau mir, es lag nicht an der Limo. Rhondella steht einfach nicht auf dich.

SCHILDKRÖTE!!

VON LISA

Tommy, muss es in deiner Fallstudie unbedingt um *Star Wars* und Origami gehen? Kommt in diesem Kapitel nämlich nicht vor, aber für uns war der Ausflug so furchtbar, dass es irgendwie festgehalten werden sollte, finden wir. Ich überlege auch, es Mrs Porterfield in ein Kissen zu sticken, aber leider kann ich gar nicht sticken, deshalb fällt das wohl weg.

Jacob und ich hatten uns für Mrs Porterfields Gruppe eingetragen, damit wir in das Naturkundemuseum gehen können.

Sie hat sich sehr darauf gefreut, das Glyptodon zu sehen. Das ist ein prähistorisches Säugetier, das wie eine Schildkröte aussah. Aber natürlich ist es keine Schildkröte, weil es ein Säugetier war und kein Reptil.

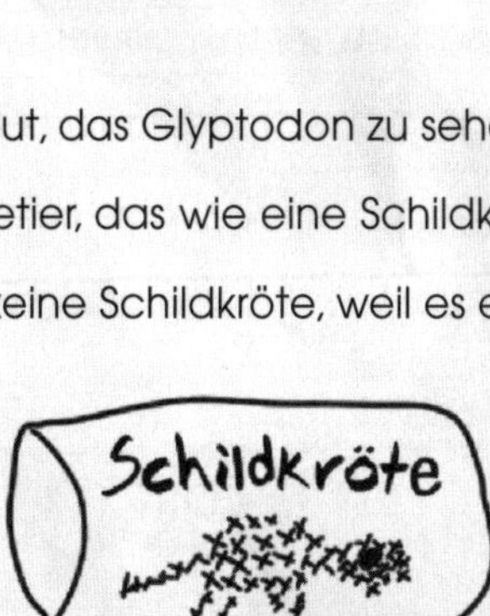

Es war gerammelt voll in dem Saal und wir mussten uns an den Dinosauriern vorbeidrängeln, um zu den prähistorischen Säugetieren zu kommen. Schließlich kommen wir hin, und da ist das Glyptodon und es ist so groß wie ein Kleinwagen. Mrs Porterfield sagt:

„Okay, hier ist das …"

„Schildkröte!!!!!!!!!"

Das war nicht Mrs Porterfield, sondern ein kleines Mädchen.

„Nun, nein, tatsächlich ist das ein …"

„Schildkröte!!!!!"

Diesmal ein kleiner Junge.

„Schildkröte!!!!!"

Noch so ein Winzling!

In dem Saal war eine ganze Grundschule und die Zwerge hingen alle zusammen, aber jeder Einzelne musste mal brüllen: „Schildkröte!!!!!"

Mrs Porterfield versuchte immer wieder, ihnen zu erklären, was das wirklich war, aber sie schrien sie einfach nieder: „Schildkröte Schildkröte Schildkröte Schildkröte!"

„Soll ich Ihren Schülern erklären, was das wirklich ist?", fragte Mrs Porterfield die Grundschullehrerin, aber die sah sie nur an, als wollte sie sagen: „Mir doch egal."

Also fing Mrs Porterfield an: „Ich weiß natürlich, dass die-

ses Tier einer Schildkröte ein bisschen ähnlich sieht, aber es ist in Wirklichkeit ein …"

Eine NEUE Gruppe von Kindern kam vom Dinosauriersaal herein.

„Schildkröte! Schildkröte! Schildkröte!!!"

Es wurde jetzt so voll, dass wir quasi in den nächsten Saal geschoben wurden, und da stand ein Mammut.

„Na", sagte Mrs Porterfield, „wo wir schon hier sind, gucken wir uns das …"

Kommentar Harvey

Das Glyptodon ist mir das liebste prähistorische Säugetier. Vielen ist gar nicht klar, welch wichtige Rolle es im Ökosystem der beginnenden Eiszeit gespielt hat. Tatsächlich gibt es vier wichtige Unterarten des [Der Rest dieses Kommentars wurde gelöscht.]

Mein Kommentar:

PAPIERFLUGZEUGE

VON LANCE

Okay, ich schreibe dieses Kapitel, weil ich mit der ganzen Sache angefangen habe.

Nach dem Unfall mit der Limo gingen wir ins Luft- und Raumfahrtmuseum.

Es war toll ... zwischen einem Haufen von Raumfahrtzeug rumzulaufen, Amy an der Hand zu halten und einen Haufen blöder Witze zu machen, um Kellen ein bisschen aufzuheitern.

Wir kamen gerade alle aus einer Ausstellung über Raketen, die übrigens wirklich echt die Rakete war!

Dwight musste aufs Klo und wir standen da rum und warteten auf ihn.

Wir waren in dieser gigantischen Halle, die den größten Teil des Museums einnimmt und so ungefähr fünf Stockwerke hoch ist. Von der Decke hängen Flugzeuge und Raumschiffe und andere tolle Sachen. Und weil wir auf der zweiten Etage waren, blickten wir vom Geländer des Balkons auf das ganze stooky Zeug. Auch wenn sie den Millennium-Falken nicht haben, kann man nicht anders, als die vielen Flugzeuge und Raketen und Raumkapseln zu bestaunen und „Wow!“ zu sagen.

„Wisst ihr was“, sagte ich, „wo sonst wäre der absolut abgespacet beste Ort im Universum, um ein Papierflugzeug fliegen zu lassen?“

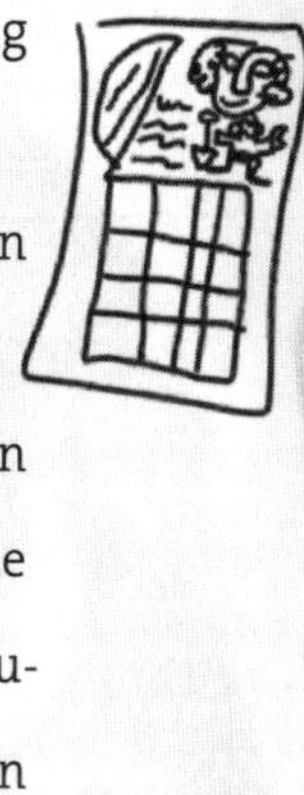

„Großartige Idee, Lance!“, rief Kellen und schwenkte sein Schatzsuche-Arbeitsblatt. „Na los!“

Ach so, wenn ihr nicht bei dem Ausflug dabei wart, dann kennt ihr das Arbeitsblatt ja gar nicht. Miss Bauer hat die Arbeitsblätter ausgeteilt, ehe wir uns auf die einzelnen Museen aufteilten. Es war das einzige Stück Papier, das wir an diesem Tag in den Händen haben durften!

In einer Schatzkiste war darauf ein großes Raster und man musste Kästchen ausfüllen, in denen so was stand wie: „Das Größte, was du gesehen hast.“ – „Das Wertvollste, was du gesehen hast.“

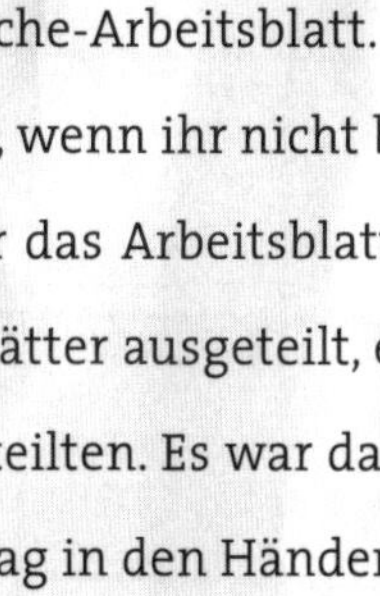

Wir wissen, du gehst Washington auf den Grund!!!

Füll die Kästchen aus, nur nicht das Kästchen mit „Das Beste“!

Das Beste	Das Älteste	Das Bedeutendste	Das Wertvollste	Das Merkwürdigste
Das Bedeutendste für die Geschichte der USA	Das Bedeutendste für die Weltgeschichte	Das Erste	Das Letzte	Das Schlimmste (falls es etwas gibt)
Das Unverständlichste (worüber du mehr wissen willst)	Das Schönste	Frei Parken	Das Schnellste	Das Langsamste
Das Energiesparendste	Das Umweltfreundlichste	Das Größte	Das Kleinste	Das Berühmteste
Das Höchste	Das Atemberaubendste	Das Radicoolste	Das Liebste	Das Inspirierendste

„Das Älteste, was du gesehen hast." Und so weiter. Es gab fünfundzwanzig Kästchen. Bisher hatte ich nur drei ausgefüllt.

Also, wie gesagt, Kellen hielt sein Arbeitsblatt hoch und sagte: „Na los!"

Und Amy sagte: „Ahnst du überhaupt, wie viel Ärger du dafür kriegst?"

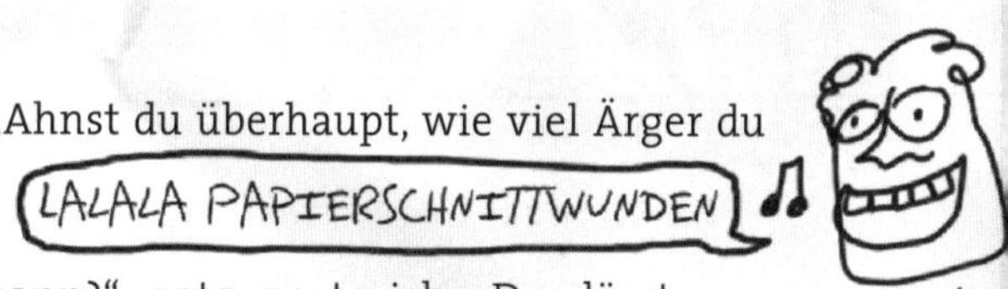

„Von Mr Saubermann?", entgegnete ich. „Der lässt uns bloß ein Lied über Papierschnittwunden singen oder so was."

„Was, wenn du mit deinem Papierflugzeug jemanden am Kopf triffst, du Blödmann?", erwiderte Amy.

„Okay, der darf dann mitsingen."

„Nein, ich meine, was, wenn der sauer auf dich ist?"

„Kein Problem", sagte Kellen. „Wir sehen ein bisschen zu, wie die Flugzeuge nach unten gleiten, und dann gehen wir auch alle aufs Klo. Wenn sie unten ankommen, ist hier oben bloß ein leerer Balkon."

„Ich glaube, wir könnten trotzdem Ärger bekommen", sagte Mike.

„Gut, dann lasst es bleiben", sagte Kellen. „Aber bisher war dieser Ausflug echt nostrul, und ich werde heute wenigstens eine Sache machen, die richtig stooky ist und wert, dass wir uns daran erinnern."

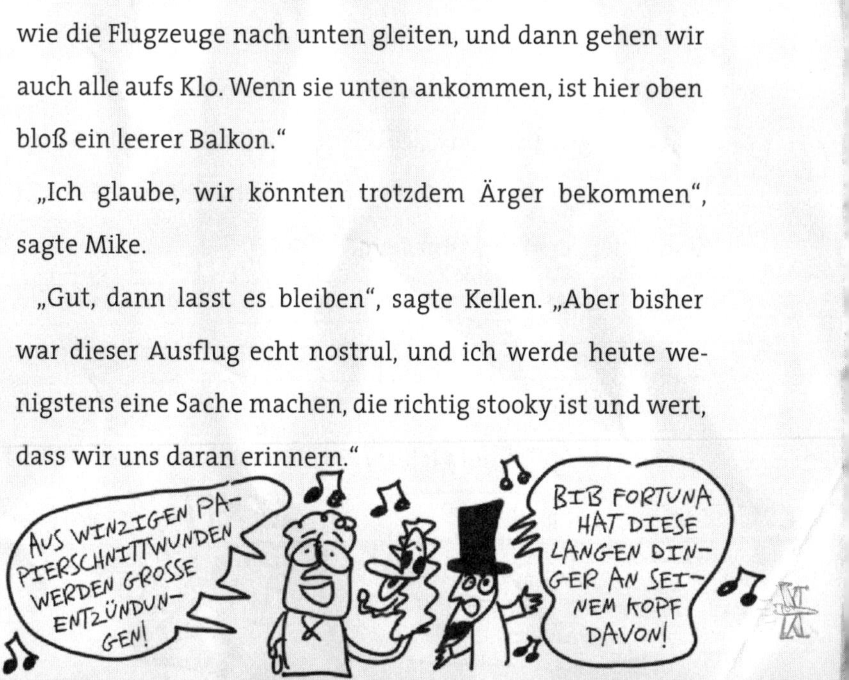

„Ich finde, wir sollten erst Origami-Yoda fragen“, sagte Mike.

Harvey holte Gurkatine gerade so weit aus der Hemdtasche, dass sein Gurkengesicht zu sehen war.

„Oh ... ich fürchte, ihr müsst erkennen, dass euer erbärmlicher Jedi-Freund noch immer mit Dwight im Waschraum ist.“

Ich wollte Harvey gerade sagen, dass er die Klappe halten soll, als Kellen sagte: „Perfekt! Danke, Harvey.“

Und Harvey machte nur: „Hä?“

Kellen ging zu Mr Saubermann. „Sie sollten vielleicht mal nach Dwight sehen. Er ist immer noch im Waschraum.“

Mr Saubermann – der damit beschäftigt war, das Balkongeländer mit einem Feuchttuch abzuwischen – machte sich sofort auf den Weg zu den Klos.

„Wenn Kit Fisto hier wäre, wäre er von euren Lügen und Winkelzügen sehr enttäuscht!“, rief Quavondo.

„Wer lügt denn hier?“, entgegnete Kellen. „Dwight ist immer noch auf dem Klo und vermutlich braucht er WIRKLICH jemanden, der nach ihm sieht.“

„Na ja“, sagte Quavondo, „dann gehe ich auch aufs Klo, denn ihr werdet richtig Ärger bekommen.“ Und er ging Mr Saubermann hinterher.

„Okay, Leute“, fragte ich, „wie schnell könnt ihr falten?“

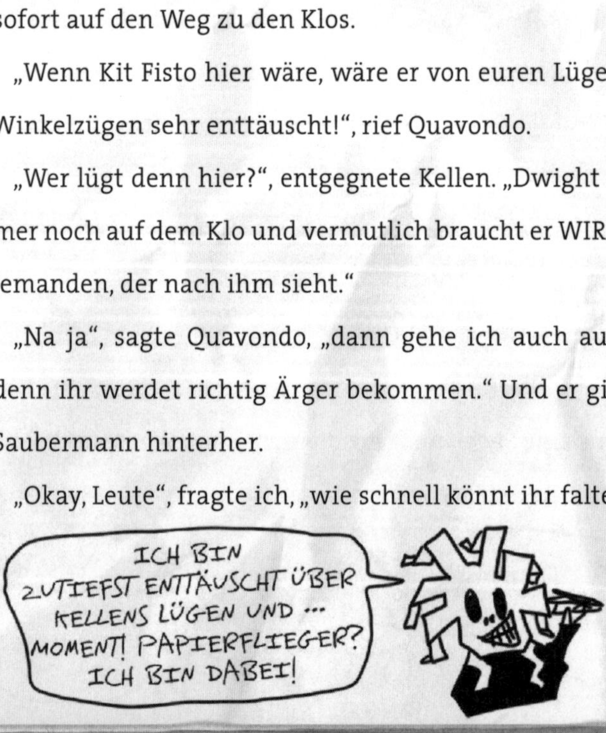

„Ich wünschte, ich hätte mein Buch dabei – ‚Star-Wars-Flieger falten‘!“, rief Tommy. „Da sind einige richtig tolle Flieger drin.“

„Alter“, sagte ich, „wir haben keine Zeit zum Labern. Falte ein Nakamura Lock und mach dich bereit.“

Falls ihr es nicht kennt, das Nakamura Lock ist eines der besten Papierflugzeuge, die je erfunden wurden – es fliegt großartig UND es ist leicht und schnell zu falten. Ich habe eine Abwandlung erfunden, die mit zehn Faltungen auskommt.

„Soll ich dir auch einen machen, Amy?“, fragte ich, als ich sah, dass sie nicht faltete.

„Ich bin durchaus in der Lage, mir selbst einen Flieger zu bauen“, erwiderte sie, „aber diesmal bleibe ich Zuschauerin.“

„Ich falte meinen Fliegenden Vader“, sagte Harvey.

„Äh, Vader fliegt aber nicht“, sagte Kellen.

„Der hier schon“, erwiderte Harvey. „Jetzt sei still, ich muss mich konzentrieren.“

Ausgerechnet Harvey, der den ganzen Tag Narnar von der Dunklen Seite schwafelt, will, dass WIR still sind! Ich lach mich tot!

„Wenn ich nur etwas Tesa hätte“, sagte Tommy, was – tut mir leid, Alter – ein ziemlich peinlicher Wunsch war.

„Okay, alle fertig?“, fragte ich und hielt mein NakLock hoch (ausgesprochen „Nock Lock“).

AUCH PEINLICH …

„Ja“, sagte Kellen.

„Eine Minute noch“, sagte Harvey.

„Wir haben keine Minute mehr!“, sagte ich.

„Ich bin aber noch nicht fertig!“

„Pech, Mann. Wir werfen alle gleichzeitig, in fünf ...“

„... und dann laufen wir alle zum Klo!“, sagte Kellen.

„Vier ...“

„Ich bin noch nicht so weit!“, rief Harvey.

„Drei ...“

„Das werde ich bereuen“, sagte Mike.

„He, das ist mein Spruch“, sagte ich. „Zwei ...“

„Ich mach nicht mit“, sagte Mike.

„Lasst mich noch die Höhenruder verbessern und die V-Stellung optimieren!“, jammerte Harvey.

„Eins ...“

„Na gut, ich mach doch mit!“, sagte Mike.

Amy küsste mich auf die Wange.

„Ein Glücksbringer“, sagte sie. „Und jetzt verschwinde ich, denn ich hab dabei ein ganz mieses Gefühl.“

Ich persönlich hatte ein sehr gutes Gefühl dabei. Mein Papierflieger war super geworden. Ich bog die Tragflächen ein bisschen hoch, damit er mehr Auftrieb bekam, und ...

„WERFEN!“, wisperte ich.

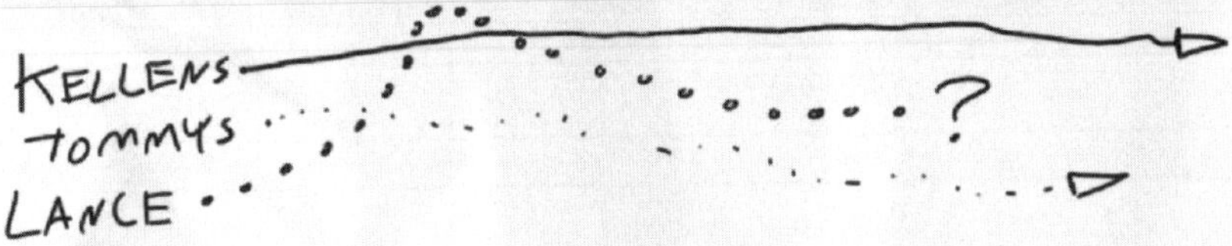

Wir alle warfen – Kellen, Tommy und ich. (Mike kniff und warf seinen Flieger nicht.)

Tommys Flieger – ein ganz einfacher Segler mit ein paar Finnen – flog ziemlich gut, stieg in anständigen Stufen ab und hielt ziemlich direkt auf die Fenster auf der anderen Seite des Museums zu.

Die Nakamura Locks von Kellen und mir waren erstaunlich! Meiner setzte zu einem Looping an, stieg hoch, sackte durch und begann den tollsten Gleitflug, den ihr je gesehen habt!

Kellen hatte nicht auf zusätzlichen Auftrieb gesetzt und sein Flieger begann einen langen, schnellen Flug durch die ganze Halle. Sein Kurs wich nur ein klein wenig von einer schnurgeraden Linie ab.

Da ruft Harvey: „MANN! Ich hab doch gesagt, ihr sollt warten!“

Dann warf er seinen Fliegenden Vader über den Rand.

Und ich vergaß zuzusehen, wie mein Flieger flog. (Ich weiß nicht mal, wo er gelandet ist!)

HARVEYS

Ich konnte nur noch auf den Fliegenden Vader starren.

Ganz, wie ich sagte – Vader fliegt nicht ...

Er stürzte, als hätte der Millennium-Falke ihn vom Himmel geholt. Ich wusste echt nicht, dass Papier so schnell fallen kann.

Ich vergaß, zum Klo zu rennen ... Ich stand nur da wie ein Idiot und guckte über das Geländer, weil ich sehen wollte, wie er aufschlug, und ...

na ja ...

er schlug auf ...

auf ...

auf ...

Nein. Ich kann es nicht schreiben. Es ist zu entsetzlich. Zu furchtbar.

„Wir sind alle verloren", flüsterte ich, während ich über das Geländer guckte und ...

und ...

und ...

Mr Howell sah.

Der Fliegende Vader stürzte wie ein Stein genau auf Mr Howell zu, der gerade unter dem Balkon hervortrat, auf dem wir standen.

Er traf ihn genau auf den Kopf.

Er sah ihn an.

Dann sah er zu uns hoch.

Und da spürten wir eine Erschütterung in DER MACHT.

Kommentar Harvey

DER FLIEGENDE VADER WÄRE WEITER GEFLOGEN ALS ALLE EURE KISTEN, WENN IHR MIR NUR EINE MINUTE GELASSEN HÄTTET, UM DIE V-STELLUNG DER TRAGFLÄCHEN ZU KORRIGIEREN!

Mein Kommentar: Lance hat etwas ganz anderes gesehen als ich, denn ich habe gar nicht mitbekommen, wie Harvey den Fallenden Vader warf. Ich war zu beschäftigt, Kellens Flieger nachzusehen ...

DiE BELL X-1

VON TOMMY

Also, ich sah zu, wie mein Flieger flog und Kellens Flieger in die Höhe stieg – zugegeben, er flog besser als meiner –, und dann plötzlich: BLAP! Kellens Flieger prallte gegen eines dieser Stahlseile, an denen die Flugzeuge von der Decke hängen. Und Kellens Flieger machte nur TWACK und stürzte ab … AUF DIE TRAGFLÄCHE DES ECHTEN FLUGZEUGS! Dann lag der Papierflieger bloß noch da.

„Wug …“, krächzten Kellen und ich zugleich.

Dann hörten wir die Stimme! Eine laute Stimme.

Eine Stimme aus der Tiefe, die die gesamte Museumshalle erfüllte – und zwar mit Angst.

„IHR!!!!!!!“

Ich schaute runter und sah, wie Mr Howell sich den Kopf rieb und zu uns raufbrüllte.

Dann hörte ich noch eine Stimme.

„IHR!!!!!!!“ Das war nicht die Stimme aus der Tiefe, es war eine Stimme Gleich-Hinter-Uns!

Wir fuhren herum und sahen jemanden, der uns anbrüllte. Jemanden, den wir noch nie gesehen hatten. Jemanden … der einen Museumsausweis trug.

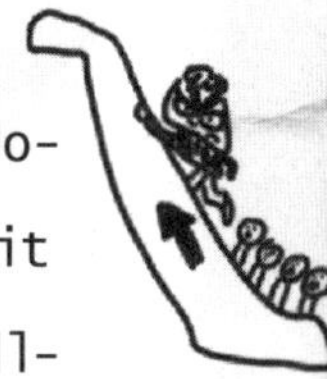

„WEHE, IHR RÜHRT EUCH!!!!!“ Das war wieder Howell. Wir sahen erneut nach unten zu ihm. Mit seinem Partnerklub kam er im Eiltempo die Rolltreppe hoch.

Er wollte zu uns!

„Ist euch eigentlich klar, was ihr ANGERICHTET habt!?!?!?“, brüllte Museumstyp.

Der kam ebenfalls auf uns zu! Und er war viel näher. Genauer gesagt war er zum Greifen nahe!

„Ist euch klar, wie schwierig es wird, euren

Papierflieger von der Tragfläche der Bell X-1 runterzuholen?“

„Äh“, machte ich.

„Habt ihr denn überhaupt keinen Respekt?! Kein bisschen? Das ist die Bell X-1! Das Flugzeug, mit dem Chuck Yeager als erster Mensch im Horizontalflug die Schallmauer durchbrach!“

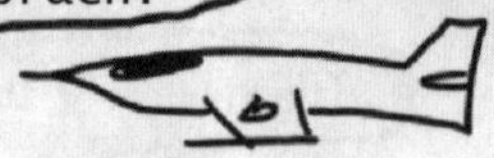

„Äh“, machte ich.

„Oh, Grundgütiger!“ Er warf die Hände in die Luft. „Wo ist eure Aufsichtsperson?“

„Äh“, machte ich.

Mr Saubermann war noch nicht wieder da. Nicht dass er uns hätte beschützen können.

Mr Howell kam angerannt.

„Sind Sie die Aufsichtsperson?“, fragte Museumstyp.

„Ich bin es jetzt“, blaffte Mr Howell und sah uns wütend an.

„Diese Jugendlichen haben ein nationales Heiligtum entweiht!“, rief Museumstyp aufgeregt.

„Aus Ihrer Perspektive haben Sie vermutlich nicht sehen können, dass einer der Papierflieger auf der Bell X-1 gelandet ist!“

„NICHT auf der BELL X-1!“, schrie Howell empört auf.

„Doch … auf der BELL X-1!“

„Na ja“, sagte Lance, „wenigstens war es nicht die Bell X-2 …“

„Blurga wurga krieeee!“ So klang der Laut, den Howell ausstieß! Und ich glaube nicht, dass er Jabba imitieren wollte. So was kommt einfach ganz natürlich aus ihm raus, wenn er richtig wütend ist, und seine Wut war selbst für ihn ein neuer Rekord.

Museumstyp guckte Mr Howell an. Sie betrachteten einander mit Respekt, so, wie man es von zwei Hutten erwarten würde, die sich begegnen, wo immer zwei Hutten einander begegnen können.

Und dann drehten sie sich um und sahen uns an, wie man es von zwei Hutten erwarten würde, die sich eine Auslage mit Froschsandwiches ansehen.

„Ich werde ein Hausmeisterteam mit einem ausfahrbaren Lift rufen müssen, um den Papierflieger herunterzubekommen“, sagte Museumstyp. „Und das bedeutet, dass ich eine Meldung machen muss. Eure Namen, bitte.“

„Hallo, alle zusammen“, ertönte die fröhliche Stimme von Mr Saubermann hinter uns. „Ich habe Dwight gefunden! Er hat sich mit einem anderen Jungen unterhalten und … Oh, hi, Mr Howell. Stimmt etwas nicht?“

Ich glaube, es war der beste Moment im Leben von Mr Howell und von Museumstyp, als sie Mr Saubermann alles erzählten, was nicht stimmte, wie schrecklich wir wären und welchen Aufwand es erforderte, den Papierflieger von der Tragfläche der Bell X-1 herunterzubekommen. Sie ließen es ziemlich schlimm klingen. Mr Saubermann sah aus wie der Tauntaun, unmittelbar bevor der Wampa ihn niederstreckt.

Und ganz ehrlich, ich fühlte mich wie der Tauntaun, NACHDEM der Wampa ihn niedergestreckt hatte.

Dwight hatte, kaum wieder bei uns, begonnen, eine Fruchtgummirolle zu falzen. Als er fertig war und sich Fruchtigami-Yoda auf den Finger steckte, erklärten Mr Howell und Museumstyp Mr Saubermann gerade sehr laut, wie wir das wichtigste Flugzeug in der ganzen Sammlung entweiht hatten … nein, das bedeutendste Exponat in sämtlichen Museen auf der ganzen Welt.

Museumstyp drehte sich um und zeigte auf das Flugzeug, auf dessen Tragfläche Kellens weißes Nakamura Lock aussah wie ein großer Eiterpickel.

„Die Bell X-1! Das Flugzeug, mit dem zum ersten Mal in der Geschichte der Menschheit …“

Fruchtigami-Yoda unterbrach ihn mit einem „Ähhhrrmmm.“ Und Dwight hielt ihn über das Geländer.

„Nicht jetzt, Dwi…“, begann Mr Howell.

Da rief Lance:

„Guckt mal!“

Und Kellens Papierflieger fiel von der Bell X-1 herunter. Er landete in einem großen Haufen Kinder von einer anderen Schule, und als sie weitergingen, war er nur noch eine zusammengeknüllte Papierkugel auf dem Fußboden.

War es ein plötzlicher Windstoß gewesen, obwohl wir in einer Halle waren?

Oder war es … Die Macht?

Ich wandte mich Dwight wieder zu, der die Fruchtgummirolle schon futterte.

„Kein Essen in der Ausstellung!", fauchte Museumstyp.

Dwight schluckte den Rest auf einmal runter.

„Nun", sagte Museumstyp und steckte sein Notizbuch weg, „da habt ihr noch mal Glück gehabt, Kinder. Es besteht keine Notwendigkeit mehr für eine Meldung. Ich überlasse es nun eurer Aufsichtsperson, dafür zu sorgen, dass euch dieser Vorfall eine Lehre ist."

„Oh ja", sagte Mr Howell mit einem Funkeln in den Augen. „Dafür sorge ich ganz sicher."

Und er und Museumstyp tauschten wieder diesen Blick.

„Diese Lektion werden sie NIEMALS vergessen", sagte Howell.

Kommentar Harvey

Ich wiederhole: Mein Flugzeug wäre geflogen, wenn ihr mir Zeit gelassen hättet!!!!!

Mein Kommentar: Seht ihr, deshalb brauchen wir Origami-Yoda (oder Fruchtigami-Yoda). Alles läuft gut, doch dann geht Dwight für zehn Minuten mit Yodas Jedi-Weisheit weg und wir bauen eine Vollkatastrophe!

Und dann kommt er wieder und bringt alles in Ordnung.

Na ja ... so halbwegs. Wenn Mr Howell so wütend ist, dann ist ihm nicht mal Origami-Yoda gewachsen!

ZUR AUFBESSERUNG DER STIMMUNG REITEN HIER BOBA UND BOSSK AUF EINEM EINHORN!

MR HOWELL LÄCHELT

VON TOMMY

Museumstyp ging und überließ es Mr Howell, sich um alles zu kümmern.

Und das tat er.

Als Erstes wandte sich Howell seinem eigenen Partnerklub zu – der die ganze Zeit vor Angst keinen Mucks gemacht hatte – und sagte: „Mr Kaspermann ist für den Rest des Ausflugs eure Aufsichtsperson. Ihr werdet euch tadellos benehmen oder ich werde davon hören. Ein falscher Schritt und ihr bekommt genauso viel Ärger wie diese Gestalten hier.“ Er wies mit einer Klaue auf uns … einer Hand, meine ich.

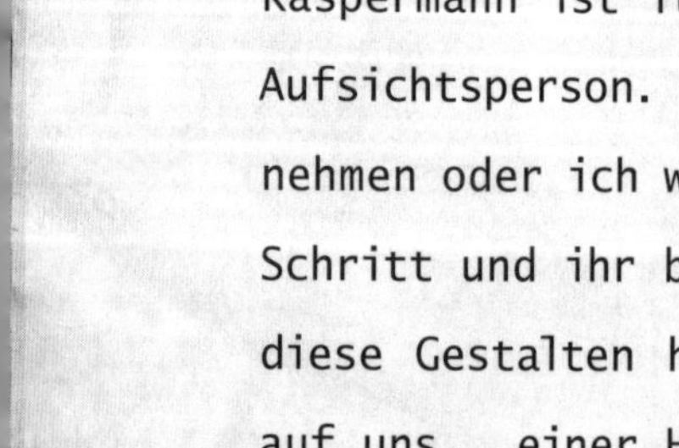

„Bringen Sie sie weg, Mr Kaspermann“, befahl er, „und ich übernehme Ihren ‚Partnerklub‘. Ich nehme an, Sie haben alle acht gefunden?“

„Äh, ja … na ja, ich glaube es wenigstens, äh, zwei, drei, vier, äh …“, stotterte Mr Saubermann.

„Gut! Sie können jetzt gehen. Und … enttäuschen Sie mich nicht noch einmal.“ Er klang GANZ genauso wie Vader! Ich bin mir nicht sicher, ob es daran lag, dass Howell Darth Vader imitierte, oder daran, dass er in so innigem Kontakt mit seiner Dunklen Seite steht.

„Jawohl, Sir“, wimmerte Mr Saubermann ganz erbärmlich.

„Sie können jetzt gehen!“, herrschte Mr Howell ihn an.

Dann wandte er sich uns zu und starrte uns an. „So … für den Rest des Ausflugs untersteht ihr meiner PERSÖNLICHEN Aufsicht“, sagte er. „Zurück fahrt ihr im Schulbus – mit mir und Mrs Rabbski. Ich bin sicher, sie wird sehr erfreut sein zu erfahren, auf welch unfassbare Weise ihr gegen ihr Origami-Verbot verstoßen habt. Aber keine Sorge … Ich bin sicher, eure Strafe wird ebenso ‚unfassbar‘ sein!“

Und er lächelte.

Ich habe nie zuvor so ein Lächeln gesehen. Es war das Lächeln des grausamen Frohlockens.

Kommentar Harvey

Mir fällt kein Zitat von Anakin oder Darth Vader ein, das die Entsetzlichkeit der Situation auch nur annähernd umfasst. »Neeeeein!« ist in letzter Zeit überstrapaziert worden. Mir fällt auch kein Zitat einer anderen Figur ein, das sie nur ansatzweise skizzieren könnte. Vielleicht, wenn wir wüssten, was Boba Fett durch den Kopf ging, als er in die Sarlacc-Grube fiel ...

Mein Kommentar: Die Sarlacc-Grube passt ganz gut. Man wird da tausend Jahre lang bei lebendigem Leib verdaut ... und die Rückfahrt wird uns vorkommen, als dauerte sie ein Jahrtausend.

Ich empfand etwas Schlimmeres als nur Angst davor, dass Rabbski uns zur Schnecke machte. Ich empfand ... Na ja, sie hatte so viel auf sich genommen, damit wir doch unsere Stufenfahrten machen konnten, und jetzt verdarben wir alles. Ich fühlte mich schuldig. Ich meine, ich fühlte mich echt schlecht wegen Mrs Rabbski. Aber ich hatte auch eine Riesenangst vor ihr.

QUAVONDOS RETTUNGSEINSATZ

VON QUAVONDO

Ich bin ganz bestimmt froh, dass ich nicht dabei war, als ihr Mr Howell auf den Kopf getroffen habt! Na ja, irgendwo wünsche ich mir schon, ich hätte es gesehen, aber ich bin sehr, sehr froh, dass ich ein solides Alibi habe und Mr Saubermann Zeuge ist, dass ich keinen Papierflieger geworfen habe.

Nachdem ich euch allein gelassen hatte, ging ich zu dem Waschraum, den Mr Saubermann kontrollieren wollte. Als ich dort ankam, hörte ich ihn rufen: „Entschuldigung! Ist da draußen jemand? Bitte öffnet mir die Tür!"

Das machte ich.

„Danke, Quavondo", sagte er.

Es waren keine Papierhandtücher mehr da und ich wollte

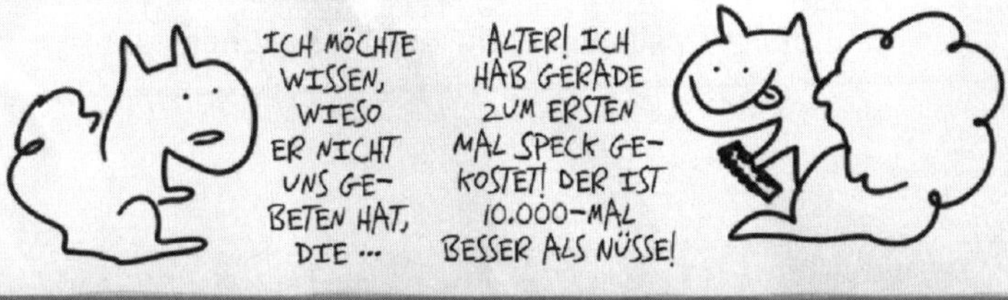

den Türgriff nicht ohne Feuchttuch berühren, aber ich hatte meinen Rucksack beim Partnerklub gelassen …"

Ich hatte Angst, dass er wieder mit einem Vortrag beginnen oder singen könnte, deshalb unterbrach ich ihn.

„War Dwight dadrin?"

„Nein, der Waschraum ist leer. Gehört er zu den Jungen, die einfach weggehen oder sich verlaufen?"

„Äh, ja … alles zusammen", sagte ich.

„Wir müssen ihn sofort finden!", sagte Mr Saubermann und sah sich auf dem Zwischengeschoss um. „Wenn er nicht wieder in die Raketenausstellung gegangen ist, dann muss er in einer der beiden Galerien sein. Du siehst in die eine, ich in die andere. Hast du eine Uhr? Gut. Geh eine Minute lang in die Galerie hinein, dann komm wieder heraus, ohne je den Sichtkontakt mit dem Eingang zu verlieren. Ich tue das Gleiche. In zwei Minuten treffen wir uns wieder hier, und wenn wir ihn dann noch nicht gefunden haben, alarmieren wir die anderen."

(Später erfuhr ich, dass Mr Saubermann früher Rettungssanitäter gewesen ist und für solche Situationen ausgebildet war!)

Aber dann war es überhaupt nicht schwierig. Mr Saubermann ging in eine Galerie, die „Das Fliegen und die Kunst" hieß, ich ging in eine, die sich „Zeit und Navigation" nannte.

Ich fand Dwight nach ungefähr sieben Sekunden.

☐ WEGGEGANGEN
☐ VERLAUFEN
☐ MIT FREMDEN GEREDET
☐ ETWAS ZERBROCHEN
☐ DURCH ZAUBEREI EINE KARTOFFEL ERSCHEINEN LASSEN
☒ ALLES OBIGE

Er und ein anderer Junge standen vor einer Vitrine mit dem Titel „Der Uhrmacher William Soundso". (Natürlich hieß er nicht „Soundso", aber ich weiß seinen Namen nicht mehr.)

„He, Dwight!", rief ich. „Wir müssen ..."

„Es heißt Captain Dwight", unterbrach er mich. „Ich habe gerade einen höchst beunruhigenden Bericht von Captain Micah erhalten."

„Äh ... hi, Micah", sagte ich.

„Freut mich, dich zu riechen", sagte Micah, ohne den Blick von dem Schild zu nehmen, auf dem stand, wer William Soundso gewesen war.

„Micah hat ein paar große Probleme in der Schule", sagte Dwight, „und wir sprachen gerade darüber ..."

„Dwight!", rief Mr Saubermann, der angerannt kam.

„Micah!", rief eine Frau, die aus der gleichen Richtung zu uns lief.

„Kommt, Jungs, wir müssen zurück zu den ..." Mr Saubermann verschlug es die Sprache. Er sah die Frau an. In der Hand hielt sie eine Dose mit Feuchttüchern.

„MICAH! Wieso um alles in der Welt entfernst du dich von der Gruppe? Hier, wisch dir die Hände sauber, dann kehren wir zur Gruppe zurück." Sie sah uns an. „Vielleicht wollen sich die Herren ebenfalls die Hände desinfizieren?"

Ich glaube, für Mr Saubermann war es Liebe auf den ers-

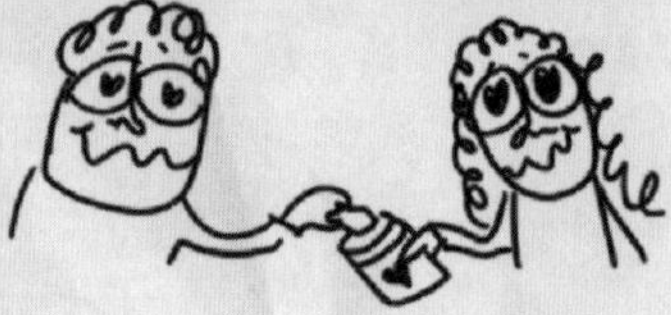

ten Blick (oder den ersten Wisch), und wenn sie ihre eigene Affenpuppe gehabt hätte, dann wäre er vor ihr auf die Knie gesunken und hätte sie gebeten, ihn auf der Stelle zu heiraten. So aber bekam er nur ihre E-Mail-Adresse – natürlich erst, nachdem er sich die Hände desinfiziert hatte –, dann machten wir uns alle auf die Suche nach euch.

Und ihr wisst ja, was dann passierte.

Ich kam also zu euch in Mr Howells Sträflingskolonne. Auf dem Weg zum Bus kamen wir am Museumsshop vorbei.

„Gehen wir nicht in den Museumsshop?", fragte Mike.

Ich fragte mich, ob er den Verstand verloren hatte.

„Hast du den Verstand verloren?", fragte Mr Howell. „Ihr geht direkt zum Bus und setzt euch da still rein, während die anständigen Schüler den Rest ihres Ausflugs genießen."

„Aber das ist nicht fair!", rief Mike. „Ich habe keinen Papierflieger geworfen, und mein Buspartner Quavondo auch nicht! Sie bestrafen uns für etwas, das wir nicht getan haben!"

‚Zieh mich da nicht mit rein', dachte ich nur. Und ich wünschte mir, Mace Windu wäre dabei, damit Mike cool blieb, denn ich hatte im vergangenen Schuljahr einmal gesehen, wie Mike und Mr Howell aneinandergerieten, und das war furchteinflößend gewesen. Da hatte es viele von Mikes berühmten „Wuttränen" gegeben und viel von Mr Howells berühmtem wampahaften Röhren.

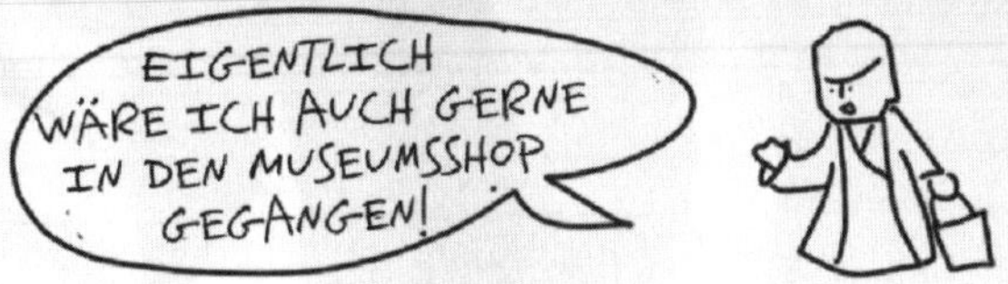

Aber … wir brauchten Mace dann gar nicht, denn Mr Howell erhob keine Einwände.

„Du hast recht, Mike", sagte er. „Du, Quavondo, Dwight und Amy dürft für – sagen wir – fünfundzwanzig Minuten in den Museumsshop. Die anderen können so lange mit mir hier draußen bleiben und sich die Nasen an der Scheibe platt drücken, während die Leute zu Hunderten an ihnen vorbeigehen und sie auslachen."

Wir stürmten hinein und schauten uns um.

Es gab eine Menge tolles Zeug. Damit hatte ich gerechnet. Deshalb hatte ich mein ganzes Geld eingesteckt. Ich hatte fünfundsiebzig Dollar von meinem Geburtstag und dann hatte mir meine Großmutter fünfundzwanzig Dollar für den Ausflug geschenkt. Ich wusste aber, dass ich von dem Geld auch etwas für meine kleine Schwester kaufen musste, sonst würde meine Großmutter einen Aufstand machen. (Frage: Hat meine kleine Schwester mir von ihrem Schulausflug etwas mitgebracht? Antwort: Nein.)

Ich fand einen supertollen Bausatz, mit dem man aus einer Plastik-Sprudelflasche eine richtige Rakete machen kann. Für meine kleine Schwester nahm ich ein Spaceshuttle zum Aufziehen, von dem ich wusste, dass sie es hassen würde.

Amy wollte Lance ein NASA-T-Shirt kaufen. Ich wünschte,

ich hätte eine Freundin wie Amy. Nicht Amy, aber wie Amy.

Und dann sagte Dwight: „Quavondo, hilf mir mal tragen."

Er hatte fast alle Astronauten-Eis-Packungen aus dem Kühlregal genommen, aber er konnte sie überhaupt nicht halten; schon allein deswegen nicht, weil er einen Fruchtigami-Yoda auf dem Finger trug.

„Köstlich diese sind!", sagte Fruchtigami-Yoda.

„Äh, Dwight ...", sagte Amy. „Meinst du nicht, ein Eis reicht?"

„Nein! Viele wir müssen haben. Köstlich!!!", antwortete Fruchtigami-Yoda. Leider schwenkte Dwight Fruchtigami-Yoda bei diesen Worten herum und das ganze Eis fiel auf den Boden.

Während wir ihm halfen, die Packungen wieder aufzusammeln, sagte ich: „Dwight, ich will ja jetzt kein Harvey sein, aber ich glaube wirklich nicht, dass du das alles kaufen solltest."

„Oh, ich kaufe es nicht", sagte Dwight. „Ich spare mein Geld für ein Kindermenü bei Wendy's."

„Was machen wir dann damit?", fragte Amy.

„Wir helfen Quavondo, es zu kaufen", sagte Dwight.

„WAAAAS????????", rief ich entgeistert.

Dwight hielt Fruchtigami-Yoda hoch.

„Oh nein!", rief ich. „Sag das nicht! Zwing mich nicht dazu!!!"

„Kaufen dies du musst!", sagte Fruchtigami-Yoda.

„Nein, bitte …“, flüsterte ich.

„Du musst!“, rief Fruchtigami-Yoda.

„Du brauchst es nicht zu kaufen“, sagte Amy.

„Doch, muss er“, widersprach Mike. „Es ist seine Bestimmung.“

„Wie teuer ist es?“, fragte ich und dann sah ich das Schild und hätte mich fast übergeben.

Sieben Dollar! Pro Stück!!!

„Oh nein … bitte, Yoda … Das ist zu teuer!“

„Warte mal“, sagte Mike. „Du kannst ein Viererpack für zwanzig Dollar bekommen. Das sind nur fünf Dollar pro Stück.“

„NUR????“, fragte Amy. „Leute, das sind winzige Portionen Eis. Dafür geben wir doch kein Geld aus.“

„Du MUSST!“, krächzte Fruchtigami-Yoda. Dwight stellte die Einzelpackungen zurück und nahm mehrere Viererpacks.

„Warte mal!“, rief ich. „Wie viele nimmst du da?“

„Sieben“, antwortete Dwight.

„Sieben?“, keuchte ich. „Das sind hundertvierzig Dollar. Nicht mal ich habe so viel!“

„Wie viel HAST du denn?“, fragte Mike.

„Hundert Dollar …“

„Du nimmst hundert Dollar auf einen Schulausflug mit?“, fauchte Amy. „Bist du irre?“

„Ich habe gespart! Ich dachte, ich könnte mir was Tolles kaufen. Ich wusste nicht, dass ich diesen … Mist kaufen muss!"

„Das musst du auch nicht, Quavondo. Ich meine, das ist nicht mal Origami-Yoda. Das ist nur eine Fruchtgummirolle."

„Äh, vielleicht hast du es noch nicht gemerkt", sagte Mike, „aber Fruchtigami-Yoda hat vorhin Die Macht eingesetzt, um deinen Freund vor einer Festnahme zu bewahren. Er weiß, wovon er redet. Wenn er sagt, Quavondo braucht zwanzig Packungen von irgendwas, dann braucht Quavondo sie auch."

Mike zückte sein Portemonnaie und gab mir alles, was drin war: einen Zwanziger.

„Ich habe sowieso nichts gefunden, was ich mir kaufen wollte", sagte er, eine offensichtliche Lüge, denn der Laden war voller Sachen, die Mike gern gehabt hätte.

„Danke, Mike. Aber ich bräuchte immer noch zwanzig Dollar mehr."

„Also, ich glaube, ihr spinnt", sagte Amy. „Aber ich kann euch zwanzig Dollar borgen – aber nur BORGEN. Ich wollte Lance eigentlich dieses T-Shirt kaufen, aber ehrlich gesagt bin ich nicht in der Stimmung dafür." Sie legte das Shirt in einen Korb mit Astronauten-Protein-Riegeln.

„Perfekt", sagte Mike. „Einhundertvierzig Dollar! Es ist, als hätte Origami-Yoda alles geplant."

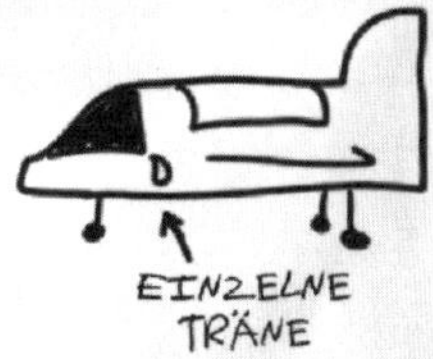

„Äh … schätze schon“, sagte ich.

Ich stellte den Raketenbausatz und das Spaceshuttle für meine Schwester wieder zurück und wir brachten das Zeug zur Kasse.

Ich hoffte, die Kassiererin würde einschreiten und sagen: „So viele davon kann ich dir nicht verkaufen, Kleiner.“

Doch sie gab alles in die Kasse ein und sagte: „148,75 Dollar.“

Die STEUER! Ich hatte vergessen, dass die Mehrwertsteuer hier noch draufgeschlagen wird!

„Mehr habe ich nicht“, sagte Mike.

„Mehr kann ich euch nicht geben“, sagte Amy. „Ich brauch noch was fürs Abendessen.“

„Was ist mit deinem Essensgeld, Dwight?“, fragte Mike.

„Hebe es für Wendy's auf …“

„Nein. Fruchtigami-Yoda hat nicht gesagt: ‚Maxi-Menü bitte.‘ Er sagte: ‚Du MUSST!‘ Stimmt's, Yoda?“, erwiderte Mike.

„Du MUSST!“, wiederholte Fruchtigami-Yoda.

„Aber …“, sagte Dwight.

„Kein aber, Dwight! Entweder glaubst du an Origami-Yoda oder nicht. Wir tun seinetwegen dauernd seltsames Zeug und er hat immer einen guten Grund. Es wird Zeit, dass DU dich entscheidest. Glaubst du an ihn oder nicht?“

Dwight starrte Fruchtigami-Yoda an.

Fruchtigami-Yoda starrte Dwight an.

Die Kassiererin sah uns so gelangweilt an, als wäre es völlig normal, dass Puppen aus Fruchtgummi in den Museumsshop kommen und seltsames Zeug reden.

„Hier", sagte Dwight und gab mir zehn Dollar.

Ich bekam einen Dollarschein und eine Vierteldollarmünze zurück und gab sie Dwight, der ganz belämmert dreinsah.

„Vielleicht kriegst du dafür ein Sonderangebot", sagte ich und das heiterte ihn sofort wieder auf.

Dann packte uns die Kassiererin das ganze Astronauten-Eis in eine riesige Einkaufstüte.

Voller Grauen malte ich mir aus, was meine Eltern sagen würden, wenn ich mit einem riesigen Sack voll gefriergetrocknetem Astronauten-Eis, aber ohne Geld nach Hause kam! Und ohne Abendessen. Und ohne Geschenk für meine Schwester. Meine Großmutter würde mich allein dafür schon umbringen.

Und dann ging ich wie benebelt aus dem Shop …

Und lief Mr Howell direkt in die Arme.

„Was um alles in der Welt habt ihr jetzt angestellt, Quavondo?", blaffte er mich an. Dann sah er in die Tasche. „Hast du den Verstand verloren?"

„Ich ...", begann ich.

Doch er unterbrach mich: „Nein! Nein! Es reicht ... Ihr steigt alle in den Bus, ehe ihr noch mehr Unsinn anstellt! Marsch! Marsch! LOS!"

„Wisst ihr ...", flüsterte Harvey. „Das Zeug schmeckt so scheußlich, dass die Astronauten sich weigern, es zu essen."

„ACH, HALT DIE KLAPPE, HARVEY!", brüllte Amy.

Und Mr Howell wies sie nicht einmal zurecht.

Kommentar Harvey

Aber es ist wahr! Und was meint Quavondo, wenn er sagt „ein Harvey sein"?

Mein Kommentar: Tja, ich habe nicht die leiseste Ahnung.

WIEDER IM BUS (ALSO EIGENTLICH IM ANDEREN BUS)

VON AMY

Na gut, Tommy, du willst ja immer eine Studie haben – gut, dann schreibe ich dir gleich hier eine Studie, während wir im Bus warten! Das ist besser, als mit einem von euch zu reden – denn das werde ich auf GAR keinen Fall tun!

Ihr wart so PEINLICH!

Im Grunde genommen bin ich mit sieben Jungs im Zuckerrausch fünf Stunden lang Bus gefahren, um in einer winzigen Kabine zu pinkeln, in ein Museum zu gehen, in das ich nicht gehen wollte, Harvey über sämtliche Exponate labern zu hören, als machte er eine Führung mit uns, von Mr Howell für etwas angebrüllt zu werden, das ich nicht getan habe, von Mr

Howell noch mal angebrüllt zu werden für etwas, das ich nicht gekauft habe, und dann durch halb Washington abgeführt zu werden, während Mr Howell auf uns einbrüllte und die Kinder von den anderen Schulen uns anstarrten und auf uns zeigten und sich wunderten, was wir wohl verbrochen hatten.

Na, ich habe gar nichts verbrochen, außer den entsetzlichen Fehler zu begehen, mich zu Lance und euch anderen Gundarks mit dem Verstand eines Banthas zu setzen!

Und statt jetzt ins indianische Museum zu gehen, das ich gern besucht hätte, muss ich anderthalb Stunden lang im Bus sitzen und auf die anderen warten.

Ach, Moment, dachtet ihr etwa, ich meine den schönen Reisebus, mit dem wir hergefahren sind? ... Aber nein ... Als Mr Howell unseren „Partnerklub" übernahm, bedeutete das nicht etwa, dass er in unseren Bus wechselt, sondern dass wir in seinen Bus kommen. Den schmierigen gelben Schulbus.

Die Schüler, die mit Mr Howell hierhergefahren sind, bekommen unsere Plätze.

Wir haben ihn angefleht, dass wir wenigstens unsere Sachen aus dem Reisebus holen dürfen. Das hat er

abgelehnt, und nicht mal besonders nett.

„Aber was ist mit mir, Mr Howell?“, fragte ich. „Ich habe nichts gemacht!“

„Als du mir zum letzten Mal damit gekommen bist, hast du anschließend Quavondo geholfen, hundertfünfzig Dollar für Müll aus dem Museumsshop zu verschleudern! So, ihr acht Spitzbuben sitzt hier jetzt so still wie möglich, sonst platzt mir wirklich mal der Kragen!“

Also saßen wir da und starrten uns wütend an. Zum Glück hatte ich mein Notizbuch bei mir im Rucksack.

Einen Vorteil hat es, den Bus zu wechseln: Auf der Rückfahrt fahre ich mit Sara und Cassie und den anderen Mädchen. Das ist so ein großer Vorteil, dass ich mich schon frage, ob Origami-Yoda das Ganze so geplant hat. Aber andererseits riecht das eher nach einer Intrige des Imperators, denn wahrscheinlich werden wir für den Rest des Ausflugs nicht nur von Mr Howell angebrüllt, sondern auch von Mrs Rabbski, sobald er ihr die Liste mit Regelverstößen, Schandtaten und Katastrophen vorgelegt hat.

Die Zeit vergeht langsam ...

Okay, endlich kommen die anderen ... und Rabbski ... und unser UNTERGANG.

Neuer Eintrag: Also, es war nicht so schlimm, wie ich gedacht hatte.

Sara und ihr Partnerklub sahen aus, als hätten sie auch einiges hinter sich.

Zum Beispiel hatten sie alle ihre Popostiefel getragen, aber nachdem sie damit so weit durch Washington marschiert waren, fielen die auseinander und alle hatten Blasen an den Füßen.

Außerdem war Mrs Rabbski richtig SAUER – aber auf sie, nicht auf uns!

Mr Howell wollte ihr sagen, was die Jungs mit den Papierfliegern angerichtet hatten, und Rabbski legte los: „Aha ... Papierflieger ... Das ist ja noch harmlos! Ich habe die vergangene letzte Stunde damit verbracht, im Skulpturengarten nach Jens verlorenem Handy zu suchen – DAS SIE ÜBERHAUPT NICHT HÄTTE DABEIHABEN DÜRFEN –, und am Ende dieser Stunde sagt sie: ‚Oh ... hier ist es ja, in meiner ANDEREN Tasche.'“

„Sorry, Mrs Rabbski!“, rief Jen fröhlich. Jen gehört zu diesen Menschen, die so etwas durchmachen und

hinterher genauso jentastisch gut aufgelegt sind wie vorher.

Ich an ihrer Stelle hätte mich schrecklich gefühlt und Angst gehabt, in großen Schwierigkeiten zu stecken, und ich hätte mich pausenlos entschuldigt. Doch Jen war es kein bisschen peinlich, und als sie „Sorry" sagte, hörte man in ihrer Stimme sogar den Anklang eines Kicherns.

„GRRRRR ...", antwortete Mrs Rabbski.

„Nun", sagte Mrs Porterfield, die den anderen Partnerklub aus dem gelben Schulbus beaufsichtigt hatte, „wenigstens waren sie nicht so schlimm wie die Siebtklässler vom letzten Jahr ... Wir waren in der Ausstellung prähistorischer Säugetiere und sie haben noch immer nicht den Schädel des Bärenhundes ersetzt, den James Suervo jr. im vergangenen Jahr zerbrochen hat."

„Ach ja ... Erinnern Sie mich daran, dass ich ihn morgen noch einmal zusammenstauche", sagte Mrs Rabbski.

Immerhin schienen sie sich alle beruhigt zu haben und ermahnten uns nur noch mal.

Und als Mr Howell von Quavondos riesiger Tüte voller Eis erzählte, lachte Mrs Rabbski sogar. Kein Das-ist-aber-lustig-Lachen. Eher ein Die-rauben-mir-noch-

den-letzten-Nerv-Lachen. Aber es WAR ein Lachen.

Blöd wurde es noch einmal, als Mr Howells alter Partnerklub seine Sachen abholte, um sich dann auf UNSERE Plätze in UNSEREM Bus zu setzen. Wie war noch mal das neue Wort für SELBSTGEFÄLLIG, das Murky erfunden hat? Genau so sahen ARROGANITO sie jedenfalls aus.

Als sie weg waren, ließ der Busfahrer den Motor an.

Mir war klar, wenn ich den Platz tauschen wollte, musste ich das jetzt tun.

„Äh … Mrs Rabbski? Können wir Buspartner tauschen?"

„Nun …", sagte Mrs Rabbski. „Normalerweise würde ich Nein sagen, aber in deinem Fall mache ich eine Ausnahme, weil ich mir vorstellen kann, dass du von den sieben Burschen die Nase voll hast. Nur zu."

„Möchte jemand den Platz mit mir tauschen?", rief ich.

„Ich!", rief Tommy. „Du kannst Harvey haben."

„Sonst jemand?", fragte ich.

SCHWEIGEN …

Niemand wollte neben Lance sitzen und wer kann es ihnen verdenken?

„Setz DU dich doch neben Harvey", sagte ich zu Lance.

„Warum nicht du?“

„Vielleicht mach ich's ja!“, erwiderte ich. Aber natürlich machte ich es nicht.

Ich ließ mich in den Sitz fallen. Das würde eine lange Fahrt werden!

„Na gut, C. J., fahren wir los!“, rief Rabbski.

„Und los geht's“, antwortete C. J. Nach ungefähr drei Metern Fahrt steckten wir im Stau.

„Jetzt hoffe ich mal, der alte Mann hat diesen Fangstrahler lahmgelegt, sonst wird es ein kurzer Flug“, sagte Lance.

„Ach, halt die Klappe, Lance“, ächzte ich.

Ich werde jetzt mein Notizbuch schließen und eine Weile darüber nachdenken, wie ich meinen Freund abschieße. Und ja, Lance, ich weiß, dass du über meine Schulter mitliest.

Es macht Spaß, mit Lance vor der Schule und beim Mittagessen rumzuhängen und manchmal vielleicht auch im Einkaufszentrum. Aber einen ganzen Tag mit ihm und seinen Freunden zu verbringen ist echt anstrengend und manchmal peinlich und meistens ist es BEIDES!

Kommentar Harvey

Ich muss dir recht geben, mir war das Verhalten der anderen auch ziemlich peinlich.

Mein Kommentar: WIE BITTE? DU warst es doch, der ... Ach, vergiss es!

Was für ein Schlamassel! Lance hat so getan, als wäre er wütend, aber ich glaube, er war am Boden zerstört. Ich habe Kellen zugeflüstert, er soll Dwight fragen, ob er Fruchtigami-Yoda um Hilfe bittet.

Dwight faltete eine neue Fruchtgummirolle zusammen.

Fruchtigami-Yoda sagte: „Geduld ... Noch nicht vorüber dieser Ausflug ist.“

Dann aß Dwight ihn auf.

PANNE AM STOOKY MOUNTAIN

VON MIKE

Auf dieser Schulfahrt habe ich eines gelernt: Der Verkehr in Washington, D. C., ist völliger Irrsinn. Ich dachte immer, die Orange Avenue auf dem Weg nach Roanoke wäre schlimm, aber das hier war wirklich verrückt.

Wir brauchten über eine Stunde, um aus der Stadt rauszukommen, und dann ging es lange nur im Schneckentempo voran, obwohl die Autobahn so ungefähr zwanzig Fahrspuren hat.

Und dass jeder im Bus auf jemand anderen im Bus sauer zu sein schien – meistens auf den Buspartner –, hatte zur Folge, dass alle genervt waren.

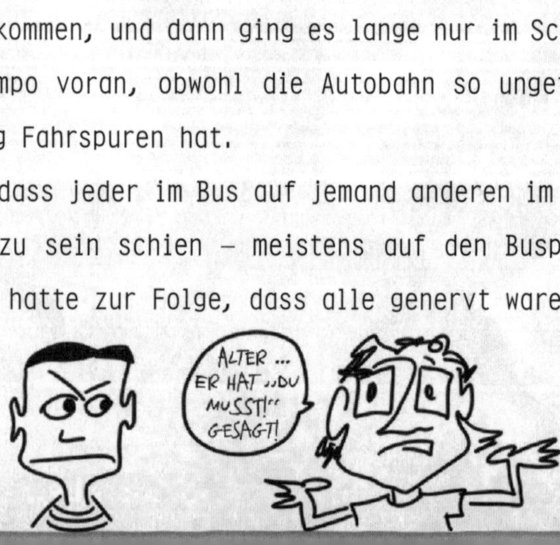

Bis auf ein paar aus Mrs Porterfields Gruppe – sie hielten wohl eine Art spontanes Leseklubtreffen oder so was ab.

Als wir endlich von der I-66 herunter auf die I-81 kamen, sahen wir ein Schild, auf dem stand: Roanoke 160 Meilen. In diesem langsamen Bus waren das gute drei Stunden! Und wir dachten alle: „Puh, diese Fahrt dauert ewig!" Wenigstens würden wir bald eine Rast einlegen und etwas essen.
Ich war schon am Verhungern.

Und dann …

Katschunk … katschunk … katschunk … katschunk …

Erinnert ihr euch an den Anfang von „Eine neue Hoffnung", wenn die Rebellensoldaten darauf warten, dass Darth Vader durch die Tür bricht, und sie hören diese merkwürdigen Katschunk-Geräusche und gucken sich nervös um? So hörte es sich an.

KATSCHUNK! Dann gab es ein richtig lautes Geräusch und der Bus machte einen Satz und fing an, sich zu schütteln.

„Ich hatte ganz vergessen, wie sehr ich diese Raumfahrerei hasse", sagte Lance.

„Ich dachte, ich hätte dir gesagt, du. Sollst. Es. Sein. Lassen", knurrte Amy.

9

Busfahrer C. J. rief: „Plattfuß! Haltet euch fest!"

Er fuhr auf den Randstreifen, was richtig holprig und ein bisschen angsteinflößend war, vor allem ohne Sicherheitsgurte und auf ungepolsterten Sitzen. Jetzt warfen wir alle die Hände hoch und riefen: „Wah!", wie Dwight es den ganzen Morgen hindurch getan hatte, aber diesmal war es echt.

„RUHIG BLEIBEN! Sitzt einfach still! Bewahrt die Ruhe!", rief Mrs Rabbski.

C. J. stieg aus. Dann kam er wieder herein.

„Jep", sagte er.

Er rief jemanden an, danach sprach er in ein kleines Mikrofon. Schließlich ging er wieder ans Handy. Wir waren alle ganz still, weil wir hören wollten, was er sagte.

Schließlich:

C. J.: Es dauert anderthalb Stunden!

Rabbski: Kann keiner der anderen Busse uns mitnehmen?

C. J.: Nein, die sind lange hier vorbei. Sie haben uns schon vor einer Stunde überholt.

Sie sind schon fast zum Abendessen am McDonald's von Harrisonburg.

Ich (Mike) und so gut wie jedes andere Kind im Bus: Was ist mit unserem Abendessen?

Rabbski: Wir können jetzt nur warten.

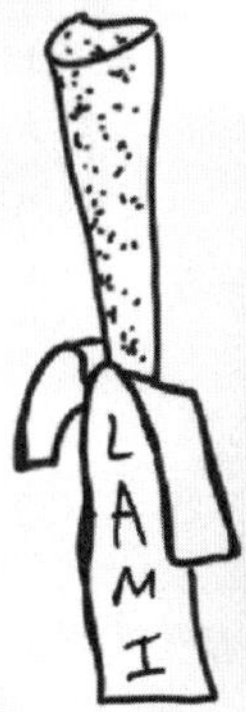

[Und dann legte sie uns fünf Minuten lang dar, dass sie die Wörter „Abendessen" und „Toilette" nicht mehr hören wollte, bevor wir wieder unterwegs waren. Ich dachte an die Mini-Salamis, die ich in meiner Tasche hatte … im ANDEREN Bus, weil Mr Howell uns verboten hatte, unsere Sachen zu holen. Dann erinnerte ich mich, dass Dwight seine Tüte mit den Fruchtgummirollen auch im Museum dabeigehabt und aus ihnen Yodas gemacht hatte, wenn er einen brauchte.]

Ich (Mike): Dwight, hast du noch Fruchtgummirollen?

Dwight: Es heißt Captain Dwight und ich habe eine übrig, die ich für Yoda-Notfälle aufhebe.

Amy: Sag mir nicht, du hast die ganze Tüte Fruchtgummi gegessen!

Dwight: Lila.

Im ganzen Bus war es das Gleiche. Die meisten Snacks waren schon gegessen oder lagen im anderen Bus.

Wir steckten ohne Essen fest … anderthalb Stunden lang … und es wurde dunkel … und wir konnten uns alle nicht mehr leiden …

Elend …

Düsternis …

Gejammer …

Tommy sagte: „Halt die KLAPPE, Harvey!"

Dann, nachdem wir ungefähr anderthalb Parsecs gewartet hatten, sagte Quavondo: „Jetzt begreife ich! Dafür ist das ganze Eis! Es ist wieder wie mit den Erdnussflips!"

Er stand auf und verteilte Astronauten-Eis aus seiner großen Tüte.

Alles streckte die Hände nach einem Eis aus und er ging den Gang entlang wie der Osterhase, der Schokoeier verteilt.

Wir hatten GANZ GENAU so viel gekauft, dass jeder im Bus ein Eis bekam – einschließlich der Aufsichtspersonen und des Busfahrers.

Harvey wollte als Einziger kein Eis.

Harvey/Gurkatine: Oh, ich versichere euch … es ist ganz widerlich … ich habe vorhergesehen …

Quavondo [unterbricht ihn und schnappt ihm das Eis wieder weg]: Das ist perfekt! Dann habe ich ein Eis übrig! Das kann ich meiner Schwester mitbringen! Ich bin gerettet!!!!!!

[Ich weiß nicht, wie das Eis uns geschmeckt hätte, wenn man es mit nach Hause genommen und dort allein gegessen hätte. Vermutlich wäre es dann nicht so toll gewesen. Aber dort im Bus, als wir alle so hungrig waren und so gelangweilt, war es wie … na ja, wie Schokoeier oder so was.]

Lance: Oh mein Nox! Das ist ja widerlich köstlich!

Kellen: Wenn man ganz viel Speichel benutzt, dann verwandelt es sich tatsächlich in so was wie Eiscreme!

Rhondella: Igitt!

Dwight: Lillllla …

Tommy: Ich heb etwas von der Erdbeere und der

Schokolade auf und mache einen gefriergetrockneten Darth Maul!

[Und dann kam der schockierendste Moment von allen …]

Howell: Quavondo, ich habe dich falsch eingeschätzt. Ich bitte dich um Entschuldigung und bedanke mich für diese köstliche Leckerei! Möchte jemand sich mir anschließen, wenn wir Quavondo unsere Anerkennung zeigen?

Alle: DANKE, QUAVONDO!

Dann sagte Jen: „Komm, Piper, wir bejubeln ihn!"

Piper und Jen sprangen auf und begannen einen discomäßigen Jubeltanz, wie Cheerleader ihn machen.

„Astronauten-Eiscreme!
Genuss gefriergetrocknet!
Dank euch, Amy, Mike und Dwight!
Astronauten-Eiscreme!
Geformt wie ein Block!
Jubelt alle, denn Quavondo rockt!"

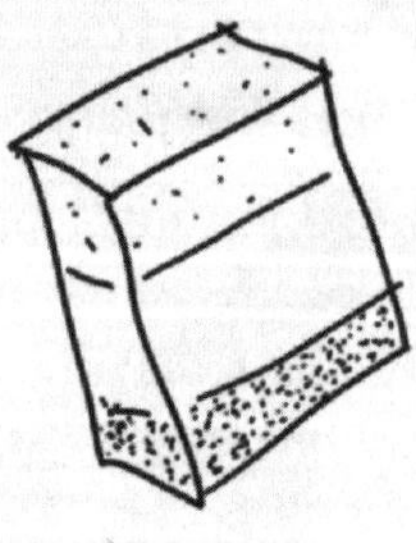

UND DANN …

Ist das auszuhalten? Jetzt zeigt sich, dass Origami-Yoda recht hatte, was den „Schulausflug des Schicksals“ und das ganze Zeug betraf.

Jen ging zu Quavondo und küsste ihn auf die Wange.

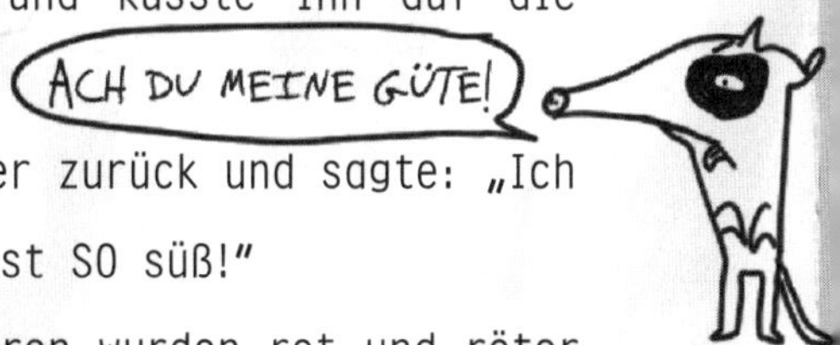

Dann kehrte sie zu Piper zurück und sagte: „Ich konnte nicht anders! Er ist SO süß!“

Und Quavondos große Ohren wurden rot und röter und platzten ihm vom Kopf ab und wir mussten alle auf Händen und Knien den Fußboden des Busses nach ihnen absuchen. (Nein, stimmt gar nicht.)

„Na, war das hundertfünfzig Mäuse wert?“, fragte ich.

„… ja …“, keuchte Quavondo.

Ich habe es euch gesagt: Wenn Origami-Yoda sagt: „Du MUSST!“, dann heißt das, du MUSST!

Kommentar Harvey

Auf der offiziellen NASA-Website steht aber, dass gefriergetrocknete Eiscreme nur EINMAL einer Astronautencrew mitgegeben wurde, die ins All startete, und das war bei Apollo 7.

Danach machten sie sich die Mühe nicht mehr! Wahrscheinlich, weil es absolut ekelhaft schmeckt. Aber die Museumsshops verkaufen es einfach immer weiter. Wenn ihr jetzt

[Restlicher Kommentar gelöscht]

Mein Kommentar: Die nächste halbe Stunde musste ich mir Harveys „offiziellen" Narnar anhören und auf keinen Fall kommt das alles in die Fallstudie. Wenn jemand das alles wissen will, soll er es googeln.

Zwischen diesem Ereignis und dem Erdnussflip-Vorfall gibt es einen großen Unterschied. Bei den Erdnussflips tat Quavondo so, als wäre er großzügig, und verschenkte Erdnussflips, um seinen peinlichen Spitznamen „Erdnussflipschwein" loszuwerden.

Diesmal hat er sich nicht verstellt. Er hätte einfach dasitzen und nichts sagen und alle achtundzwanzig Päckchen mit nach Hause nehmen können. Stattdessen hat er sie verschenkt! Was für ein netter Kerl! Kit Fisto wäre stolz!

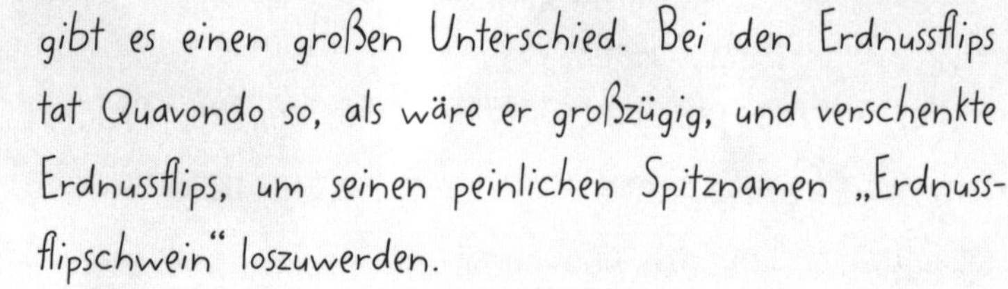

MACHEN SIE'S ALS MAXI-MENÜ!

VON TOMMY

Nach der Eiscreme schienen die Leute einander nicht mehr ganz so sehr auf die Nerven zu gehen. Und Rabbski und Howell waren nicht ganz so streng, also fingen wir wieder an, ein bisschen rumzublödeln. Ich schaffte es sogar, quer über den Mittelgang hinweg mit Sara zu reden, ohne dass ich dafür ausgeschimpft wurde. (Kellen, wie wär's mit einem neuen Sitzplan?)

Endlich kam der Abschleppwagen und wir stiegen alle aus und standen im Gras, während er den Bus hochzog und der Reifen gewechselt wurde.

Es dauerte nur ein paar Minuten, dann saßen

BUS
SITZ-PLAN #2
TOMMY
HARVEY
QUAVONDO
MIKE
DWIGHT + FY
KELLEN
AMY
LANCE
HANSEL
MATTHEW
DIESER AUS-FLUG WAR SEHR LEHRREICH!
ICH HABE VIELES GE-LERNT!
TATSÄCH-LICH GARRET + TANNER
TATSÄCH-LICH REUBEN + JACK
WIE GE-FIEL DIR DIE MUMIE, DIE WIR IM MUSEUM GESEHEN HABEN?
SCHACH!
MELODEE
ELLA
CASSIE + SHARON
GRÖSSTE HANDTASCHE, DIE JE AUF EINEN SCHULAUSFLUG MITGENOMMEN WURDE
RHONDELLA + SARA
JEN + PIPER
ICH MAG NÜSSE
LISA + JACOB
RABBSKI + PORTERFIELD
HOWELL
BUSFAHRER
C.J.

wir wieder im Bus und der Bus war wieder auf der Autobahn.

Rabbski: C. J., ich glaube nicht, dass die Schüler bis zum McDonald's von Harrisonburg durchhalten. Wissen Sie, ob schon früher einer kommt?

Dwight [brüllt durch den Bus]: An Ausfahrt 238 ist ein Wendy's!

C.J.: Das ist etwa eine Viertelstunde von hier.

Rabbski [zückt ihr Handy]: Na, okay. Ich google das und sehe, ob ich die Telefon…

Dwight: 540 J-J-K B-E-E-F!

Rabbski: Aha! Gut, danke, Dwight. Ich werde den Imbiss anrufen und unser Essen vorbestellen, damit es fertig ist, wenn wir dort ankommen. Um es einfach zu halten, bestelle ich für jeden ein Double-Cheeseburger-Menü!

Einer von Mrs Porterfields Schülern: Aber ich hab SO einen Hunger! Können Sie daraus nicht Maxi-Menüs machen?

Rabbski: Äh, weiß denn jemand, wie viel das mehr kostet?

Der ganze hintere Teil des Busses: Neununddreißig Cent!

Rabbski: Oooookay … Gut, können wir machen.

Sara: Entschuldigung, Mrs Rabbski? Quavondo ist Vegetarier.

Quavondo: Ich mache heute eine Ausnahme!!! Ich möchte keine Umstände machen!

Quavondos Magen: FLEISCH! FLEISCH! ICH LIEBE FLEISCH!!!!!!

[Ich rate einfach mal, dass sein Bauch das gesagt hat.]

Aber dann fiel Quavondo ein, dass er kein Geld mehr hatte!

„Oh nein! Wie sollen wir denn unsere Double-Cheeseburger-Maxi-Menüs bezahlen?“, fragte er Mike panisch. „Wir haben alles ausgegeben!“

„Bleib ruhig“, sagte Mike, „und vertraue auf Fruchtigami-Yoda.“

„Ihm vertrauen?“, höhnte Harvey/Imperator Gurkatine.

„Du wirst ihn ESSEN müssen!“

Und dann beendete Rabbski ihr Telefonat und sagte, sie werde alles per Kreditkarte bezahlen. Was sie von wem bekam, würde sie später ausrechnen.

„Ich habe es dir gesagt“, trumpfte Mike auf. „Fruchtigami-Yoda denkt an alles!“

Es dauerte nicht lang und wir bogen von der Autobahn ab zum Wendy’s.

Kommentar Harvey

Ich wollte zu McDonald's.

Mein Kommentar: Ja, ich hab's gehört (ungefähr eine Million Mal). Aber ich glaube, Wendy's war ... unser Schicksal.

WENDY'S

VON TOMMY

Als wir ins Wendy's kamen, hatten sie gerade unsere Menüs fertig eingepackt.

„Hier bitte“, sagte der Restaurantleiter. „Siebenundzwanzig Double-Cheeseburger-Maxi-Menüs und ein Kinder-Menü.“

„Ich habe kein Kinder-Menü bestellt“, sagte Rabbski.

„Oh, ich hätte aber schwören können …“, begann der Restaurantleiter.

„Vielen Dank!“ Dwight schnappte sich die Tüte mit dem Kinder-Menü, flitzte davon und setzte sich unter einen Tisch.

„Na gut, dann ist es in Ordnung“, sagte Mrs Rabbski und reichte ihm ihre Kreditkarte.

„Oh mein Nox!“, sagte Lance. „Hört nur!“

Wir horchten. Und wir hörten, dass aus den Lautsprechern des Restaurants „Kiss This Kiss“ schallte.

„Sie spielen unser Lied“, sagte er zu Amy.

„Hmmmmpf“, machte Amy, aber es war weniger eisig als die fünfzig „Hmmmmpfs“, die er bisher von ihr zu hören bekommen hatte.

Ich konnte mich endlich neben Sara setzen, und wir saßen so dicht beieinander, dass unsere Schultern sich berührten, und das war schön … bis Mrs Rabbski und Mr Howell sich an unseren Tisch setzten und wir wieder ein bisschen auseinanderrutschten.

Mr Howell sagte: „Lougene, mir ist gerade etwas eingefallen. Ich habe vorhin in meine Mails gesehen und eine merkwürdige Nachricht gefunden. Sie wollten, dass ich Ihnen sage, Sie sollen die Schule anrufen wegen der Lernfortschrittstests. Tut mir leid, in dem ganzen … Trubel habe ich es vergessen.“

„Keine Sorge, ich habe die gleiche Nachricht be-

kommen … ungefähr achtzehn Mal“, entgegnete sie.

„Schwierigkeiten?“

„Ach nein“, sagte Rabbski, „vermutlich ist es nur der Mann von LernSPASS. Ich werde ihn morgen früh als Allererstes zurückrufen.“

Und sie kicherte.

„Oder nächste Woche“, sagte sie und kicherte wieder.

„Wann sollen wir den dämlichen Test eigentlich schreiben?“, fragte Sara.

„Heute“, antwortete Rabbski.

„Moment, was?“, fragte jeder, der sie gehört hatte.

„Wusstet ihr das nicht?“, erwiderte Mrs Rabbski. „Heute waren die Lernfortschrittstests der Minimalanforderungen für die Jahrgangsstufe 7. Ein Testspezialist von LernSPASS kam heute mit den Tests in versiegelten Kartons. Und vom Schulamt kamen mehrere Aufsichtspersonen. Die Tests begannen pünktlich um neun Uhr fünfzehn. Wie habt ihr abgeschnitten?“

Jetzt horchte alles auf und dachte nur: „WAS ZUM HUTTEN?“

„Aber wir waren nicht da!“, rief Mike. „Wir waren mit Ihnen im Bus!“

„Wirklich? Ich hoffe, ihr hattet alle HB-Bleistifte dabei und habt die Kreise säuberlich ausgefüllt.“

„Äh, nein?“, sagte Jen. „Haben wir nicht!“

„Wir sind auf einem Ausflug! Die GANZE Jahrgangsstufe 7 ist auf einem Ausflug!“, rief Lance.

„Ehrlich?“, fragte Rabbski. „Also hat keiner von euch die Tests mitgeschrieben? Ach du je! Was für ein fürchterliches Versehen!“

Wir saßen alle nur eine Minute da rum und versuchten zu kapieren, was um alles in der Welt sie da redete. Und Mrs Rabbski kicherte noch ein wenig, und Mrs Porterfield fiel bald ein.

„Ach, wenn ich mir vorstelle, wie dieser arme LernSPASS-Testspezialist in der Schule mit seinen versiegelten Kartons und seinen Fragebögen herumläuft und versucht, einen Siebtklässler zu finden!“, rief Mrs Porterfield.

Und sie und Mrs Rabbski kicherten weiter.

Und dann passierte etwas noch Unglaublicheres.

Mister. Howell. Kicherte.

Wir starrten sie nur an.

Und dann …

Mr Howell: Ich liebe dich.

Mrs Rabbski: Ich weiß.

Und dann …

„Lasst uns twisten!“

Musik dröhnte aus den Lautsprechern in der Decke. Bisher hatten sie die ganze Zeit nichts als blöden Pop-Mist wie „Kiss this Kiss“ gespielt.

Aber jetzt spielten sie:

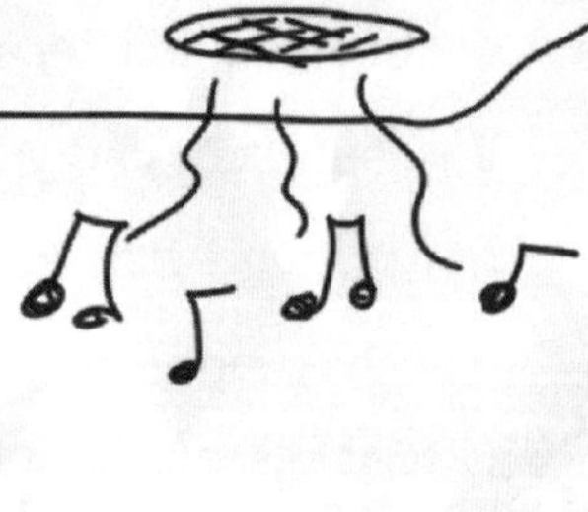

„Yeah, let’s twist again,
Like we did last year!“

„NEIN! Das kann nicht sein!“, schrie Harvey. Doch es geschah wirklich.

„Do you remember when,
Things were really hummin‘?

Yeah, let’s twist again,
Twistin’ time is here!“

Es war nicht der gleiche Song wie bei der Space Night Party. Da war es nur „Let’s do the twist“ gewesen. Dieser Song hieß „Let’s twist again“, aber es war so ziemlich die gleiche Melodie mit anderem Text. Trotzdem richtig alt.

„Möchtest du tanzen, Lougene?“, fragte Mr Howell.

„Ich dachte schon, du fragst mich nie“, sagte Mrs Rabbski.

Sie standen auf und fingen an zu twisten.

Also standen WIR auch auf und fingen an zu twisten!

Sara und ich natürlich. Aber auch Lance und Amy, zum Glück. Und … Kellen und Cassie? Was??? Und Jen und Quavondo! WAS???? Und Dwight und Mrs Porterfield (die wirklich Twist tanzen konnte!). Und auch die, die letztes Jahr nicht mit uns getanzt hatten, hatten schnell den Bogen raus.

Es war so stooky, alle machten mit!

Na ja, außer Rhondella, die mit den Augen rollte, und Harvey, der damit beschäftigt war, Dwight auf die Nerven zu gehen. „Wie hast du sie dazu gebracht, da mitzuspielen?“

Dwight hielt nur Fruchtigami-Yoda hoch. „Twisten du musst!“

Aber Harvey weigerte sich. Er schmollte und meckerte und schließlich suchte er den Restaurantleiter, um ihn zu fragen, ob Dwight das alles eingefädelt hatte.

Doch wir anderen tanzten Twist, und weil das nach ungefähr fünfundvierzig Sekunden langweilig wird, erfanden wir neue Schritte. Lance fiel hin und bekam Ketchup ins Haar und Amy wischte ihn mit einer Serviette sauber und Sara lächelte mich die ganze Zeit an, und … es war einfach stooky, was soll ich noch sagen?

Als das Lied zu Ende war und Mrs Rabbski sagte, wir sollten alle noch mal aufs Klo gehen, weil wir erst mal nicht mehr halten würden, waren wir alle wieder Freunde. Und einige wieder MEHR als Freunde oder auch zum ersten Mal mehr als Freunde!

HARVEYS KOMMENTAR

VON TOMMY

Tommys Anmerkung: Dies ist kein normaler Kommentar von Harvey, den er selber schreibt. Das ist ein KURZER Auszug aus dem ENDLOSEN Narnar, mit dem er anfing, sobald der Song zu Ende war.

„Niemals! Das ist völlig unmöglich! Auf gar keinen Fall ist das wirklich einfach so passiert, und versucht nicht, mir weiszumachen, dass Papierknäuel-Yoda – oh, Verzeihung, Fruchtgummiball-Yoda – mithilfe Der Macht bewirkt hat, dass sie den Twist gespielt haben. Das ist doch einfach dämlich. Dwight hat es beim ersten Mal eingefä-

delt und jetzt hat er es wieder gedeichselt. Ich muss nur noch rausfinden, wie!“

Zuerst habe ich ihm widersprochen. „Wann hätte er das machen sollen? Er hat doch die ganze Zeit mit dem Spielzeug aus seinem Kinder-Menü gespielt!“

Aber schon bald wollte ich nur noch, dass er aufhört zu reden, deshalb habe ich nichts mehr gesagt und nur noch versucht, ihn zu ignorieren. GAR NICHT SO EINFACH!

„Ist dir aufgefallen, dass die Lautstärke aufgedreht wurde, als der Twist anfing? Das beweist, dass jemand die Regler verstellt hat. Da kann der Restaurantleiter tausendmal behaupten, sie hätten keine Kontrolle darüber. Das ist doch Banta-Mist! Dwight hat sie vermutlich dafür bezahlt, dass sie es spielen, und dann bestochen, damit sie nichts verraten. Und dann …“

Und damit war es noch längst nicht vorbei. Harvey konnte einfach nicht aufhören. Er hielt nur ab und zu inne, damit Gurkatine mal sagen konnte, mein Verstand wäre „erbärmlich“ oder so was. Dann textete mich Harvey weiter zu. Er redete nicht nur über das, was sich im Wendy’s ereignet hatte,

nicht nur über das, was im Museum passiert war, sondern über alles, was wir erlebt hatten, seit Origami-Yoda zum ersten Mal auftauchte: das angebissene Würstchen, den Rotztruppler, das erste Mal, dass der Twist gespielt wurde.

Es war, als hätte er alles Gute vergessen. Ich meine, erst vor ein paar Wochen war dieses tolle Krabbenfußballspiel. Ganz zu schweigen davon, dass wir Professor LernSPASS besiegt haben.

In diesem Augenblick wurde mir klar, dass Mike mit Gurkatine recht gehabt hatte. Ob er nun wirklich die Dunkle Seite der Macht einsetzte oder Harvey nur dazu brachte, ständig sauer zu sein, auf jeden Fall verdarb er uns den Ausflug gründlich.

Ausnahmsweise brüllte Harvey nicht. Hätte er das getan, wäre Mr Howell zu uns nach hinten in den Bus gekommen und hätte ihn zur Schnecke gemacht. Nein, er murmelte und jammerte und klagte und zischte und so ging es die nächste Stunde oder so im Bus weiter.

„Lass. Es. Einfach. Gut. SEIN!!!!“, flehte ich.

Aber er ließ es nicht gut sein. Das konnte er nicht.

„Ich glaube, der Busfahrer steckt da mit drin!

Er hat Rabbski mit einem Trick dazu gebracht, zu Wendy's zu fahren!"

„Indem er absichtlich einen Platten hatte?"

„Nein, aber er hat vielleicht etwas gesagt wie …"

„Hör zu, Harvey, es ist mir egal. Es spielt keine Rolle mehr. Es ist geschehen. Und es war lustig! Zumindest für alle außer dir!"

„Ja, vielleicht steckt einer von euch dahinter! Wieso bin ich nicht gleich darauf gekommen? Ich habe den Restaurantleiter gefragt, ob es Dwight war. Dabei hätte es jeder Einzelne von euch verräterischen Jedis sein können!"

Dann redete er wieder wie Palpatine und schüttelte die mittlerweile völlig vertrocknete Runzelgurke vor meiner Nase.

Ich verlor den Verstand …

Plötzlich huschte Rhondella durch den Gang zu unserer Sitzreihe.

„Sara will dich kurz sprechen."

Mittlerweile war es so dunkel, dass ich den Gang entlangschleichen konnte, ohne dass Mrs Rabbski und Mr Howell mich bemerkten. Sie waren sowieso in ein Gespräch vertieft.

Ich ging geduckt zu Sara und setzte mich neben sie.

Sie legte den Finger auf die Lippen und bedeutete mir, mich zu ihr rüberzubeugen.

Sie flüsterte mir ins Ohr:

„Das war umwerfend."

„Was? Harvey?"

„Nein, der Twist! Im Wendy's!"

„Oh, ja, absolut."

„Treibt dich Harvey dahinten in den Wahnsinn?"

„Ja."

„Dann bekommst du jetzt was, damit du dich besser fühlst."

Und sie küsste mich.

Auf den Mund.

Und ich fühlte mich definitiv besser. Aber auch seltsamer. Seltsamer denn je. VIEL seltsamer als damals, als mein Vater den Hydranten überfahren hat. Das war gar nichts gegen das hier.

„Jetzt gehst du besser an deinen Platz zurück, bevor sie dich erwischen."

„Okay."

Ich kroch durch den Gang zu der Reihe zurück, wo jetzt Rhondella neben Harvey saß.

„Und?“, flüsterte sie.

Und sie zeigte wieder das alte feixende Rhondella-Lächeln, das ich so lange nicht gesehen hatte. Sie hatte gewusst, dass Sara mich küssen würde. Das war alles Teil eines Planes. Mir war klar, dass meine Ohren so rot wurden, wie Quavondos Ohren gewesen waren – wahrscheinlich sogar mein ganzes Gesicht –, aber hoffentlich war es so dunkel, dass niemand es sehen konnte. Hoffentlich.

Ich sagte nichts.

Doch Rhondella wisperte: „Hm-hmm, ich weiß, was gerade passiert ist.“

Und die Art und Weise, wie sie es wisperte, machte jedem in der Nähe klar, was gerade passiert war.

„Du kannst Harvey jetzt wiederhaben“, flüsterte sie. „Er hat eine Superlaune …“

Sie ging wieder zu ihrem Platz.

Und ich setzte mich wieder neben Harvey.

Ich dachte über eine Million Dinge nach, aber hauptsächlich über eines, und das war toll, und der Schulausflug erfüllte alle Erwartungen, die Origami-Yoda geweckt hatte, und …

KA . . .

VON TOMMY

… dann …

… haute mir Harvey auf die Nase.

SIEHE UNTEN

↓

AUUUU!!!!!!!

VON TOMMY

Ich: Auuuu!!!!!!!

TOMMY + SEIN „BUSPARTNER“

BLUT IM BUS

VON TOMMY

MEHRERE Sachen passierten gleichzeitig.

Wir müssen jetzt wirklich in die SUPERZEITLUPE gehen, beginnend mit der Millisekunde, nachdem ich geschrien hatte: „Auuuu!!!!!!!“

„WAS UM ALLES IN DER WELT IST DAHINTEN LOS?“, brüllt Rabbski.

Howell und sie springen auf und hasten den Gang entlang zu uns. Ich kann sie natürlich nicht erkennen … nur riesige Schatten aus Schüler zermalmender Autorität, die auf mich zuwanken!

Und weil es kein langer Bus ist, brauchen sie auch nicht lange!

In diesem Moment macht der Fahrer das Licht an.

Plötzlich sehe ich die vielen Gesichter, die mich über die Rückenlehnen ihrer Sitze hinweg anblicken.

Sie sehen mich, die Hände vor dem Gesicht und Blut, das überall hintropft!

Ich drehe mich Harvey zu und starre ihn wütend an. Vielleicht will er noch mal zuschlagen … Aber er ist erstarrt. Er sieht aus, als hätte ihn auch jemand geschlagen.

„Ich …“, stammelt er.

Rabbski kommt näher.

Und in diesem Augenblick wird mir klar, dass ich jetzt die Macht habe, Harvey und seine nervtötende Gurkenpuppe zu vernichten! Rabbski und Howell erreichen in der nächsten Sekunde das Heck des Busses. Ich brauche ihnen nur zu sagen, was passiert ist, und Harvey bekommt den größten Ärger seines Lebens.

Mrs Rabbski wird sofort in den vollen Rektorin-Rabbski-Modus zurückfallen! Sie wird Harvey zur Schnecke machen, ein Meldeformular ausfül-

len, seine Eltern zu sich bestellen … ach nein, seine Eltern werden ja auf dem Schulparkplatz auf ihn warten … Sie werden noch heute Abend davon erfahren! Was immer von ihm übrig ist, wenn Rabbski mit ihm fertig ist, sie werden es in Stücke reißen!

Und dann was? Bestrafung! Nachsitzen! Vorübergehender Ausschluss vom Unterricht! Schulverweis? Geschähe ihm das nicht recht? Wenn er auf einmal auf dieser entsetzlichen Schule für schwer erziehbare Kinder landet?

Sein Schicksal liegt in meinen Händen! Ich muss wahrscheinlich kein Wort sagen, ich brauche nur auf Harvey zu zeigen.

Die Millisekunden der Zeitlupe sind fast vorbei. Rabbski und Howell sind so nahe, dass sie jetzt das ganze Blut sehen können.

„Hol den Erste-Hilfe-Kasten von vorne“, sagt Rabbski, und Howell hastet zurück.

Und plötzlich ist Yoda da …

Dwight streckt sich über zwei Rückenlehnen und drückt ihn mir fast ins Gesicht. Er sieht

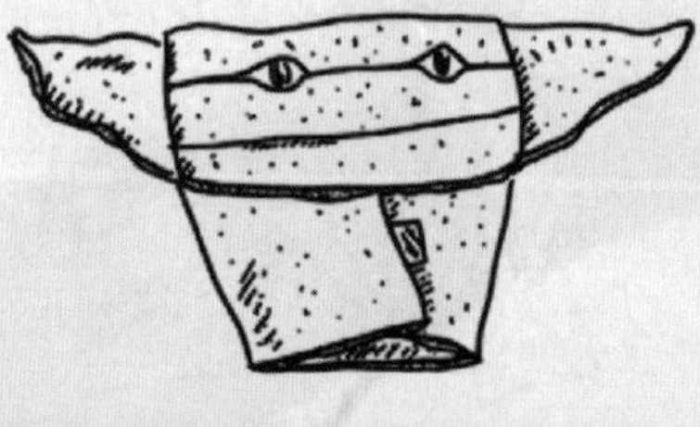

gut aus, obwohl er aus einer Fruchtgummirolle gemacht ist. Dwight hat sich ziemlich Mühe damit gegeben … die vielen Falten, die ganzen Runzeln sind da … genau wie beim echten Origami-Yoda.

„Erforsche deine …“

„DWIGHT! Nimm das da weg! Sofort!“, brüllt Rabbski.

Aber ich weiß, was er sagen wollte: „Erforsche deine Gefühle, Tommy.“

Und das tue ich.

Ich glaube manchmal, dass ich Harvey besser verstehe, als ich zugebe. Ich halte ihn für keinen schlechten Kerl, er weiß nur einfach nicht, wie man mit Menschen umgeht.

Aber andererseits … Dwight weiß das ebenfalls nicht, nicht ohne Origami-Yodas Hilfe.

Und wir anderen brauchen auch Hilfe von Origami-Yoda.

Das gilt für Harvey genauso. Doch er weigert sich zuzuhören oder, noch schlimmer, er hört lieber auf Darth Paper oder Gurkatine.

Aber trotz des ganzen nervigen Schwachsinns von der Sauren Seite, den wir uns die ganze Fahrt über anhören mussten, versucht Origami-Yoda noch immer, ihm zu helfen, indem er mich bittet, meine Gefühle zu erforschen.

Und meine Gefühle raten mir jetzt, über Harveys Gefühle nachzudenken.

Harvey hat einen ziemlich lausigen Tag hinter sich. Klar, daran ist er selbst nicht ganz unschuldig, aber an allem schuld war er auch nicht. Immerhin wäre mein Tag auch ziemlich mies gewesen, wenn ich nicht den Kuss von Sara bekommen hätte. Und Harvey hat nichts dergleichen bekommen, und …

Und das ist der Moment, in dem mir klar wird, dass Harvey auch in Sara verliebt ist. Es ist auf einmal so offensichtlich, nach allem, was er gesagt und wie er ihre Kapitel kommentiert und was er getan hat.

Deshalb war er den ganzen Tag sauer. Oder das ganze Jahr? Deshalb hat ihn der Twist so wütend gemacht. Beide Male!

Und dann zu sehen, wie ich mich zu ihr schleiche und einen Kuss bekomme, nachdem er auf

dieser Fahrt so viele Niederlagen erlitten hat … Ich kann verstehen, wieso er sich der Dunklen Seite zugewandt hat.

Und deshalb muss ich ihn jetzt auf die … äh, die Helle Seite zurückholen. Ist die Helle Seite das Gegenteil von der Dunklen Seite der Macht? Gibt es dafür überhaupt einen Namen? Das muss ich in der Jedipedia nachschlagen …

„Was ist passiert?“, fragte Rabbski.

„Iff bin geftolpert“, sagte ich.

„Gestolpert? Wieso warst du nicht auf deinem Platz?“

„Iff bin naf vorn gefliffen, beil iff fu Sabwa woltte. Ef far dunkel, und …“

„HMMMMPPPFFF!“, machte sie und es war ein wütendes HMMMMPPPFFF, aber nicht SO sehr wütend.

„Na gut, das klären wir später. Versuchen wir jetzt lieber, die Blutung zu stillen.“

Mr Howell brachte den Verbandskasten. Sie zogen sich Handschuhe über, schoben mir Wattebäusche in die Nase und wischten das Blut weg.

Ich erinnere mich, wie ich dachte, wenn wir

noch Mr Saubermann als Aufsichtsperson hätten, dann würde er sicher den ganzen Bus desinfizieren lassen.

Dann wandte sich Rabbski Dwight zu, weil er Origami-Yoda dabeihatte – aber er hatte ihn sich in den Mund geworfen und versuchte, ihn herunterzuschlucken.

„Mir ist schlecht“, sagte er.

Und dann kotzte er seine ganzen Fruchtgummirollen und das Astronauten-Eis und sein Kinder-Menü … auf Kellens Hose.

Wenn Mr Saubermann das gesehen hätte, wäre er aus dem Fenster gesprungen.

Der Busfahrer hielt an einem Rastplatz, damit wir uns sauber machen konnten.

Und während wir von dem kleinen Gebäude zum Bus zurückgingen, machte Sara ein großes Getue darum, dass ich verletzt war, und küsste mich auf die Nase. „Wieder besser?“

Mike und Kellen gaben Würgelaute von sich, aber wen interessiert das?

Der Fahrer machte das Licht wieder aus und wir fuhren im Dunkeln weiter nach Hause.

Und irgendwann, so ungefähr fünfzig Meilen später, sagte Harvey, es tue ihm leid.

„Ich war sauer, weil Sara und du … Weil ich schon immer … Du weißt schon."

„Ja. Ich weiß es jetzt."

„Und dann das Spiel und das Flugzeug und …"

„Ja."

„Mir kam es einfach so vor, als wäre heute absolut jeder gegen mich gewesen."

Natürlich hatte ich Falzi-Wan nicht bei mir, aber irgendwie spürte ich trotzdem, wie mich etwas von seiner Weisheit erfüllte.

„Nein", sagte ich zu Harvey, „Gurkatine war es, der gegen dich war."

„Eindeutig", sagte er. Dann zog er Gurkatine aus dem Sweatshirt und knüllte ihn zu einem schwarzen, säuerlich riechenden Papierknäuel zusammen.

IMPERATOR PAPIERKNÄUEL!

„Aber gut gefalzt war er", sagte ich. „Mit braunem Papier ergibt das eine gute Jedi-Robe."

„Hrmmm", grunzte er.

Und später fragte Harvey: „Wieso hast du mich nicht verpetzt?"

Und ich konnte es nicht erklären, deshalb antwortete ich nur: „Fruchtigami-Yoda.“

„Ja“, sagte er, „hab ich mir gedacht.“

Und später fügte er hinzu: „Danke.“

Noch ehe wir wieder an der Schule waren, diskutierten Kellen und er und Mike und ich darüber, ob Yoda als Puppe oder als Animation besser aussah.

Lance versuchte mitzumischen, aber er wurde zu laut. Mrs Rabbski drehte sich um und brüllte uns an.

Dann waren wir an der Schule, unsere Eltern warteten und der Ausflug war zu Ende.

Na ja, nicht ganz: Ehe wir alle aufbrachen, geschah noch etwas sehr Merkwürdiges. Dwight ging zu Harvey und flüsterte ihm etwas ins Ohr. Und Harvey flüsterte Dwight etwas ins Ohr. Das ging ein paar Mal hin und her.

Dann sagte Harvey: „Möge Die Macht mit Euch sein, Meister Yoda … und mit dir, Captain Dwight.“ Er kam zu mir und sagte: „Ich weiß was, das du nicht weißt.“

Harveys Kommentar

Genauer gesagt weiß ich sehr viel, was du nicht weißt!

Mein Kommentar: Das ist dein Kommentar?? Nach allem, was gewesen ist? Dem Jammern, dem Meckern, dem Gurkatine und dem anderen Zeug? Das soll dein Kommentar sein????

Ich gebe dir eine Gelegenheit, einen besseren Kommentar zu schreiben.

Harveys zweiter Kommentar

Du hast recht, Tommy. Ich entschuldige mich aufrichtig für alles Jammern, Meckern und Gurkatinen, und ja, mir tut auch das andere sehr, sehr leid. Ehrlich!

Trotzdem ... ich weiß noch immer was, das du nicht weißt!

DIE LEERE SCHATZTRUHE

DER TAG NACH DEM SCHULAUSFLUG

VON TOMMY

Okay, also war der Schulausflug doch noch gut ausgegangen … vielleicht.

Ja, es hing nach wie vor ein großes Vielleicht über uns! Würden unsere Eltern von dem Vorfall mit den Papierfliegern erfahren?

Wenn sie es nicht herausfanden, dann ja, dann war der Schulausflug stooky.

Wenn sie es erfuhren, dann war es … unser UNTERGANG!

Als die Busse uns am vorigen Abend abgesetzt hatten, sagte keine Aufsichtsperson etwas zu unseren Eltern.

UNTERGANG?

Und jetzt, wo wir wieder in der Schule sind, hoffen wir, dass alles vergessen ist und es ganz normal weitergeht.

Wir hatten allerdings etwas übersehen. Es mag nichtig erscheinen, aber es ist wie der kleine Hinweis in einer Detektivgeschichte, der zuerst gar nichts mit dem Fall zu tun zu haben scheint, dann aber den Detektiv dazu bringt, eine Braue hochzuziehen, und gleich darauf landet der Verbrecher für immer hinter Gittern.

In diesem Fall war diese Kleinigkeit Miss Bauers Schatzsuche-Arbeitsblatt.

Ihr fragt vielleicht: „Nach diesem ganzen verrückten Zeugs, wen interessiert da noch ein Schatzsuche-Arbeitsblatt?“

Tja, die Antwort lautet: Miss Bauer! Wie sich herausstellte, mussten wir die Blätter einreichen, und sie wurden benotet.

Natürlich hatten wir sie nicht mehr. Und alle anderen hatten ihre Blätter gestern während der Fahrt ausgefüllt, sodass wir uns keine Kopien machen konnten.

Natürlich konnten wir Miss Bauer auch nicht nach Ersatzblättern fragen, ohne genau erklären zu müssen, wie wir sie verloren hatten, und das war nicht ratsam. (Nicht einmal Mr Howell war aufgefallen, dass wir die Papierflieger aus unseren Arbeitsblättern gefaltet hatten.)

Also würden wir alle eine Sechs für die einfachste Hausaufgabe des Jahres bekommen – und offen gesagt stand meine Note bei Miss Bauer auch so schon auf wackligen Füßen.

Trotzdem, so eine große Sache ist das auch wieder nicht, oder?

Doch, und zwar aus folgendem Grund: Wenn man bei einer Hausaufgabe eine Sechs bekommt, schickt Miss Bauer einen „Neonbrief“ an die Eltern. (Er heißt so, weil er auf Neonpapier gedruckt ist.)

Neonbriefe müssen von den Eltern unterschrieben werden. Kaum zeigt man sie ihnen, geht die Fragerei los – jede Menge unbequemer Fragen. Und dann … kommt die Wahrheit ans Licht!

Das konnte keiner von uns brauchen!

Der ganze Schlamassel würde sich aber leicht vermeiden lassen, wenn wir nur jeder ein unausgefülltes Arbeitsblatt hätten.

Wir könnten es innerhalb von zwei Minuten ausfüllen und wären gerettet!

Zwanzig Minuten bevor es zur ersten Stunde klingelte, waren Lance, Kellen und ich besorgt, schoben aber noch keine Panik. Sobald Dwight auftauchte, konnten wir einfach Origami-Yoda um Rat bitten.

Harvey sagte immer nur: „Vielleicht kommt Origami-Yoda ja nicht …“

Aber er musste kommen! Sara, die mit Dwight im gleichen Bus fährt, sagte, dass Dwight eingestiegen sei. Er WAR also in der Schule, aber er musste abgelenkt worden sein … oder er hatte sich verlaufen.

Wir bildeten eine Suchmannschaft. Mike, Quavondo und Sara versprachen, uns suchen zu helfen, obwohl sie ihre (leider ausgefüllten) Arbeitsblätter hatten.

Harvey wollte nicht gehen. Er brauchte das Arbeitsblatt genauso dringend wie wir, aber er weigerte sich, nach Dwight zu suchen.

„Vielleicht findet ihr Dwight, aber ich glaube nicht, dass ihr Origami-Yoda finden werdet“, sagte er.

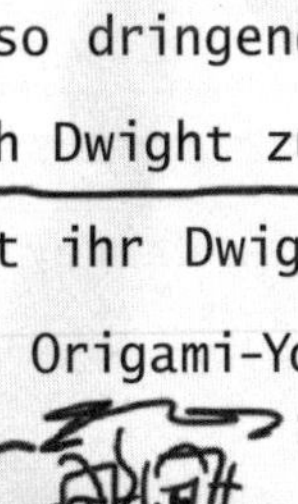

„Äh, Harvey, ich dachte, du hättest nach gestern Abend im Bus entschieden, etwas netter zu sein?“

„Ich BIN ja nett. Ich versuche, euch die Mühe, Dwight zu suchen, zu ersparen, weil er euch ohnehin nicht helfen kann.“

„ARRRGH!“, machte ich und stapfte davon.

Ich fand Dwight in Korridor B, wo er mit Cody C. redete. Sie waren tief in eine Diskussion über den Uhrmacher versunken, den sich Dwight im Museum angesehen hatte.

„Tut mir leid, wenn ich euch störe, aber ich muss Origami-Yoda eine Frage stellen.“

„Ich habe ihn nicht“, sagte Dwight, als wäre DAS kein großes Ding.

„Was? Hast du ihn zu Hause gelassen?“

„Nein.“

„DU HAST IHN VERLOREN?“

„Nein.“

„Wo ist er dann?“

Ich bekam ein ganz mieses Gefühl bei der Sache! Vielleicht hatte Harvey recht.

„Er ist gegangen.“

„Was soll das heißen? Wie kann er weggehen?“

„Er hat mich aber gebeten, euch was zu geben.“

Er nahm einen Origami-Yoda heraus, der aus weißem Papier gefalzt war.

„Jar-Jar sei Dank!“, rief ich. „Origami-Yoda, was sollen wir wegen der Arbeitsblätter unternehmen?“

Origami-Yoda gab keine Antwort. Dwight und Cody C. sahen mich an, als hätte ich sie nicht mehr alle.

„Bitte, Yoda! Was sollen wir wegen der Arbeitsblätter machen?“, flehte ich.

„Äh, Tommy?“, fragte Cody C. „Wieso brüllst du ein Stück Papier an?“

„Weil wir Origami-Yoda immer Fragen stellen!“, rief ich.

„Das ist nicht Origami-Yoda“, sagte Dwight. „Das ist ein Yoda, der mithilfe von Origami gemacht wurde. Genauer gesagt ist es Yoda als Macht-Geist aus ‚Die Rückkehr der Jedi-Ritter‘.“

„Ich liebe diesen Film“, sagte Cody C.

„Ich auch“, sagte Dwight. „Hast du das Buch zum Film gelesen?“

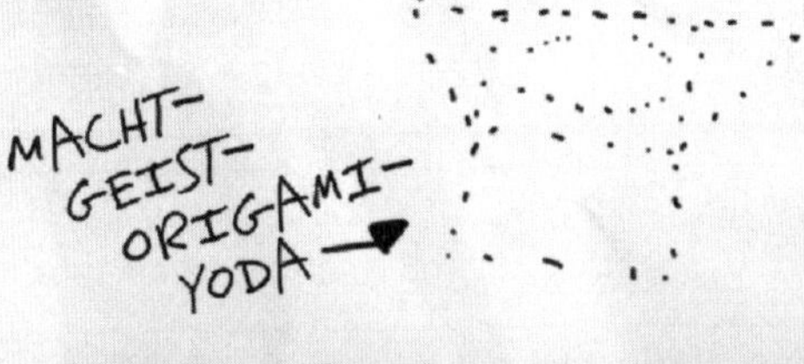

„Nein, ist es gut?“

„Also, ich …“

„Dwight!“, brüllte ich. „Alter, ich brauche deine Hilfe! Mir läuft die Zeit davon! Wieso will Origami-Yoda mir nicht helfen?“

„Hörst du denn nicht zu?“, fragte Cody C. „Origami-Yoda ist nicht hier. Er ist gegangen. Aber ehe er ging, hat er Dwight gesagt, er soll dir diesen Yoda als Macht-Geist falzen.“

„Das hab ich ja gehört!“, fuhr ich ihn an. „Das hilft mir nur nicht! Würdet ihr mir bitte sagen …“

Ich verstummte. Denn ich hatte jetzt erst entdeckt, woraus der Geist-Yoda bestand. Dwight hatte ihn aus seinem SCHATZSUCHE-ARBEITSBLATT gefalzt! Einem Arbeitsblatt, das nicht ausgefüllt war!

„Ich bringe es dir sofort zurück!“, rief ich.

Ich sprintete zur Bibliothek und betete, dass Rabbski mich nicht dabei erwischte, wie ich durch den Korridor rannte.

Die anderen warteten dort schon.

„Wir haben Dwight nicht gefunden“, sagte Kellen.

„ABER ICH! Lange Geschichte. Hier ist das Arbeitsblatt.“

Ich hatte es beim Rennen auseinandergefaltet. Kellen schnappte es sich, rannte zu Mrs Calhoun und flehte sie an, davon Fotokopien zu machen. Sie tat es. (Sie ist nett.)

In der Klasse gab ich Dwight sein Exemplar zurück und riet ihm, es auszufüllen. Statt uns mit irgendwelchen Bleistift-Schnippspielen die Zeit zu vertreiben, setzten wir uns und füllten die Kästchen aus. Eine der Fragen lautete: „Was war das wichtigste historische Exponat, das du in einem der Museen gesehen hast?“

EINFACH! „Die Bell X-1!“

Dwight kritzelte eine absurd lange Antwort zu dem Uhrmacher hinein. Ja, er verbrachte fast die ganze erste Stunde mit dieser einen Frage. Seine Antwort zog sich bis auf die Rückseite des Blattes.

Als ich fertig war, entspannte ich mich endlich. Origami-Yoda hatte uns wieder einmal gerettet.

„Also, Dwight“, sagte ich. „Willst du mir jetzt sagen, was mit Origami-Yoda los ist?“

„Das habe ich doch schon.“

„Aber ich möchte die ganze Geschichte hören.“

„Ach, möchtest du, dass ich ein Kapitel für die Fallstudie schreibe?“

OB ICH WOLLTE, DASS ER EIN KAPITEL FÜR DIE FALLSTUDIE SCHRIEB??????

Seit der ersten Fallstudie habe ich versucht, ihn dazu zu bringen, dass er etwas dafür schreibt! Ich meine, Dwight ist der Einzige, der wirklich weiß, was hier eigentlich vorgeht! Auch wenn er sich immer so benimmt, als hätte er keinen Plan!

„Ja! Bitte!!!!!“

„Okay“, sagte Dwight. Dann nahm er ein Notizbuch und begann sofort zu schreiben!

‚Wenigstens‘, dachte ich, ‚bekomme ich jetzt die richtigen Antworten auf alle Fragen!‘ Ist Origami-Yoda echt? Benutzt er die Macht? Woher weiß er so viel? Wieso hilft er uns überhaupt? Und so weiter …

Habe ich die Antworten bekommen? Tja … lest selbst.

Harveys Kommentar

Natürlich hatte ich recht! Wieso zweifelt ihr mich immer an? Ich habe dir gesagt, dass ich etwas weiß, das du nicht weißt! Ich konnte dir nur nicht alles sagen, denn als Dwight mich darüber informierte, nahm er mir das Versprechen ab, es geheim zu halten. Also ... WAR ich wirklich nett!

Mein Kommentar: Meine Güte ... Na ja, das Geheimnis ist jetzt wohl keins mehr.

ORIGAMI-YODA UND DER POST-ILLIUM-FALKE

VON DWIGHT ⇐ ENDLICH!

Sternzeit: 387 

Planet: Erde

System: Zynamon 5 (lokal bekannt als Sonnensystem)

Außentemperatur: 16 °C

Wer: Dwight alias Sherlock Dwight alias magisches Eichhörnchen, bekannt aus dem Stummfilm, ehemals Captain Dwight

Beste(r) Freund(in): Caroline →

Lieblingsfarbe: Orange

Gestern Abend: späte Rückkehr vom Schulausflug. (Siehe getrennten Bericht über Einzelheiten der Uhrmacherausstellung und Kinder-Menü bei Wendy's)

Mom für Fahrt nach Hause gedankt und erneut für Verspätung entschuldigt. Ging direkt ins Zimmer, um mit Origami-Yoda zu sprechen.

„Captain Micah kennengelernt du hast?", fragte er.

„Ja, er ist cool. Aber wie du vorhergesehen hast, braucht er deine Hilfe."

„Hrmm ... ja ... Wie ich fürchtete, es ist. Seine Adresse. Sie bekommen du hast?"

„Ja."

Holte Zettel hervor. Ein Arbeitsblatt, das ich nicht ausgefüllt hatte. Wichtige Information stand auf Rückseite notiert: Adresse von Captain Micah.

„Den Post-illium-Falken vorbereiten du musst."

„Ich will aber nicht."

„Hrmm ...", sagte Origami-Yoda. „Traurig auch ich bin, dass dieser Tag gekommen ist. Aber sein es muss."

„Muss?"

„Es muss, mein Freund ... es muss."

Ich nahm einen Briefumschlag und schrieb Micahs Adresse darauf.

„Ich habe keine Briefmarken. Soll ich Mom fragen?"

„Briefmarken ich nicht brauche. Aber Fenster einen Spaltweit offen lassen du musst."

Ich öffnete das Fenster. (Meine Mutter lässt sie jetzt nicht mehr zunageln.)

„Weinen du nicht brauchst, aber wenn du weinst, Taschentuch benutzen du solltest, nicht Ärmel."

„Okay."

„Allein du nicht sein wirst. Nicht jetzt. Caroline du noch immer hast. Und Tommy und Kellen und Sara und die anderen. Auch Harvey."

„Aber was ist mit ihnen? Sie brauchen dich auch!"

„Hrmm … Ja. Ungeduldig, leichtfertig sie sind. Morgen einen Macht-Geist-Yoda falzen du ihnen musst. Ein klein wenig mehr Hilfe sie brauchen. Danach … Die Macht mit ihnen sein wird."

Und damit ging er zum Post-illium-Falken.

„Und Die Macht mit dir sein wird, Dwight … immer."

Dann stieg er in den Post-illium-Falken und das Schiff flog zum Fenster hinaus.

Ich schloss das Fenster und ging zu Bett.

Kommentar Harvey

Ich, Harvey Cunningham, GLAUBE, dass alles genau so gewesen ist, wie Dwight es sagt.

Leb wohl, Origami-Yoda, und möge die Macht auch mit dir sein.

Mein Kommentar: Ich weiß nicht, was ich sagen soll.

Ich weiß, ich klinge jetzt wie Harvey, aber ... ich KANN es nicht glauben. Ich will es nicht glauben.

Außerdem ist es verrückt. Wie könnte Origami-Yoda gehen? Er hat ja nicht mal Füße.

Ich habe Dwight diese Frage gestellt und noch eine Million andere, aber er antwortet jetzt nur noch mit „Lila." Die einzige Frage, die er mir beantwortet, ist die, ob Origami-Yoda zurückkommt. Darauf sagt er: „Das weiß ich nicht", und dann blickt er so traurig drein, dass ich ihm das sogar glaube.

Ich habe ihn gebeten, Notfall-Origami-Yodas zu falzen, und das tut er, aber sie haben nichts zu sagen.

Falzi-Wan Kenobi hat ebenfalls nichts zu sagen. Allen unseren Puppen geht es so. Ich meine, wir können sie natürlich etwas sagen lassen, aber das ist einfach nicht das Gleiche. (Remi behauptet, dass ihre Ewoks noch immer von allein „Yub nub“ sagen. Nur hilft uns das kaum dabei, unsere Probleme zu lösen, oder?)

Sara sagt, dass es jetzt ist wie in „Die Rückkehr der Jedi-Ritter“, wo Luke eigentlich Yoda nicht mehr braucht. Dass wir nach alldem, was auf dem Schulausflug passiert ist – wie etwa, dass Harvey den Imperator zusammengeknüllt und Mr Howell Mrs Rabbski seine Liebe gestanden hat und Sara und ich … na, ihr wisst schon –, dass wir nach alldem Origami-Yoda nicht mehr brauchen.

Vielleicht ist es so, aber ich kaufe es ihm noch immer nicht ab. Wir haben einen Haufen Probleme, und ich glaube nicht, dass Sara klar ist, wie wenig wir wissen und wie viele Dummheiten ich ohne seinen Rat begangen hätte. Mann, überlegt nur mal, was Origami-Yoda im vergangenen Jahr alles für uns getan hat …

EIN DIAGRAMM, DAS ZEIGT, WAS ORIGAMI-YODA AN DER MCQUARRIE-MITTELSCHULE BEWIRKT HAT

Der GiftZwerg
GUT GEMACHT, ALTER!
CHOPPER
•NETT!
•SKATET JETZT BESSER ALS LANCE
REMI + BEN
SCHALE AUS GESCHMOLZENER SCHALLPLATTE
• MACHEN COOLE SACHEN ZUSAMMEN
• WIDERN DIE ERDMÄNNCHEN AN (UND JEDEN SONST AUCH)
LISA
• NEUES DING
KEINE AHNUNG, WAS DAS SEIN SOLL
• VON DER AUSSENSEITERIN ZUM MODEFREAK
ÜBRIGENS: SOGAR BRIANNA TRÄGT JETZT POPOSTIEFEL!
JAMES SUERVO
• IST NICHT AN COMPUTER-MAUSKEIMEN GESTORBEN
PROFESSOR LERNSPASS + GIZMO
JEDE MINUTE ... JEDE SEKUNDE, UND ...
ARBEITSLOS!!!!
• ALLERDINGS GIBT ES EIN GERÜCHT, DASS DER SCHAUSPIELER TEVON RILEY IM NEUEN STAR-WARS-FILM MITSPIELT!
MR SAUBERMANN UND SEIFENBLASE
PECH @#N#*, GIZMO!
• CHORLEITER UND THEATERLEHRER
SAUBER

MRS RABBSKI
• NICHT BÖSE
UNSERE NEUE MATHE-LEHRERIN
HEIRATET ????
HOWELL, MR.
• NICHT BÖSE (?)
• NEUE KLAMOTTEN
LANCE ALIAS
LAN LAN + AMY
• LEGENDÄRER STEPPTÄNZER
• PIZZA-BAGEL-EXPERTE
• DER KOPF HINTER DER ORIGAMI-REBELLION
• KÖNIGIN DES KRABBEN-FUSSBALLS
VAMPYR
• STAR VON PARASITEN IN DIR V
ALSO, ICH MAG NÜSSE AUCH.
• ANGEBLICH AUCH IM NEUEN STAR-WARS-FILM
CAROLINE
• IHRE SCHULE IST NICHT MEHR SO LANGWEILIG, WIE SIE MAL WAR
• SCHEINT SPASS MIT DWIGHT ZU HABEN

KELLEN (ICH)
• GRÖSSTER KRITZEL-MEISTER ALLER ZEITEN!
• NICHT MEHR BESESSEN VON
• VIEL STÄRKER INTERESSIERT AN
• PINKELT SICH NICHT IN DIE HOSE. ES SIEHT NUR SO AUS!
RHONDELLA ...
• WOLLTE NIE AUF ORIGAMI-YODA HÖREN UND JETZT IST SIE LANGWEILIG
CASSIE
• SUPERSTAR DER THEATER AG
• NEUER FREUND IST DER COOLSTE TYP AUF ERDEN! (ICH)
HARVEY!
• VOR DER DUNKLEN SEITE GERETTET ... FÜR'S ERSTE
• UNANGEFOCHTENER KÖNIG DES KRABBENFUSSBALLS
• GEACHTETER ORIGAMI-FALZER
• VERSTAND ERHOLT SICH NOCH VON LERNSPASS
SARA
• LEITENDE ENTWICKLERIN FÜR LEGO-ROBOTER CROOK SHANKS 4000
• SCHLICHT + EINFACH COOL!
WAHRE LIEBE + SCHOKO-SPLITTER-PFANNKUCHEN
TOMMY
• BRAUCHT SICH NICHT DIE HAARE ZU KÄMMEN
• DOPPELBONUS: AUSGEZEICHNETER ERSTELLER VON FALLSTUDIEN

Denkt nur mal ans nächste Schuljahr! Die achte Klasse! Und dann Highschool! Wer weiß, was noch alles passiert ... und in welche Schlamassel wir noch geraten.

Für all das brauchen wir Origami-Yodas Hilfe!!!!!

Und dann ist da noch etwas ...

Wenn Origami-Yoda fort ist, heißt das, es gibt keine Fallstudien mehr?

Ist dies ... das Ende?

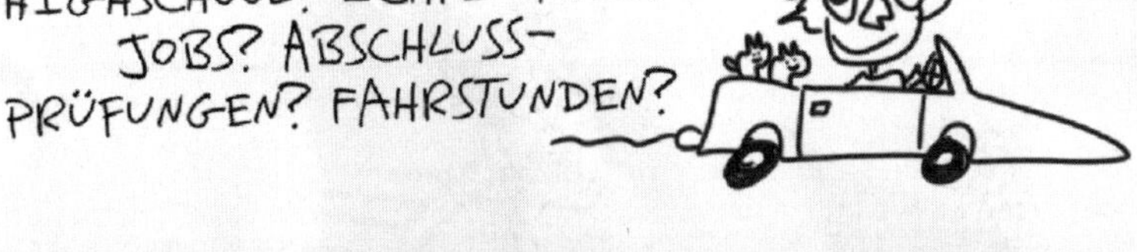

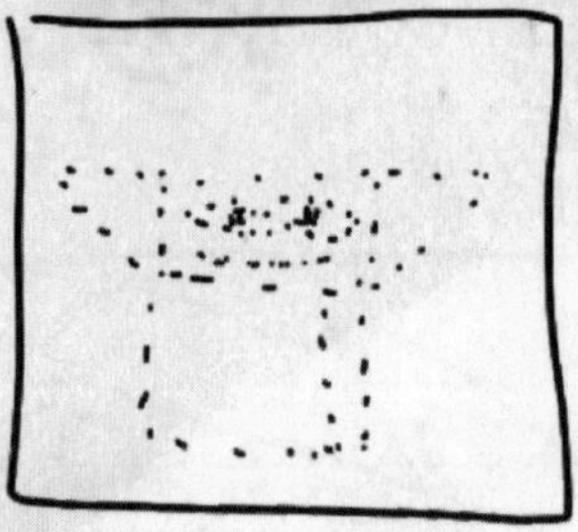

MACHT-GEIST-YODA

VON TOMMY

Miss Bauer gab die Arbeitsblätter zurück.

Ich fragte Dwight, ob ich sein Blatt sehen dürfte.

Ja, auf der Rückseite stand eine Adresse. Sie war aber so krakelig, dass ich sie nicht lesen konnte, und Dwight wusste auch nicht mehr genau, wie sie lautete. Wir hatten keine Möglichkeit, uns an den Jungen aus dem Museum zu wenden und ihm zu sagen, dass er uns Origami-Yoda zurückschicken sollte.

Dann fragte ich Dwight, ob er mir aus dem Blatt noch einmal Yoda als Macht-Geist falzen könnte.

Er tat es.

Und als er ihn mir gegeben hatte, fragte ich den Macht-Geist: „Ist dies das Ende?“

Er redete nicht. Nicht richtig, nicht so wie Origami-Yoda. Trotzdem schien es fast, als könnte ich Origami-Yodas Macht-Geist hören, so, wie Luke Obi-Wans Macht-Geist verstand.

Und Macht-Geist-Yoda sprach: „Erforsche deine Gefühle.“

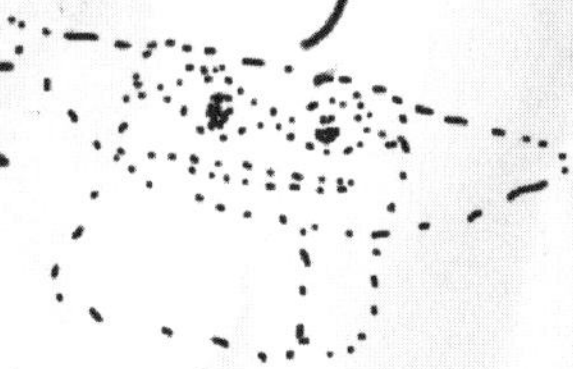

Und das tat ich.

Danach war ich mir sicher.

Origami-Yoda kommt vielleicht nicht sofort wieder. Vielleicht nicht dieses Jahr, vielleicht für viele Jahre nicht. Nicht, bevor wir ihn WIRKLICH ABER AUCH SO WAS VON brauchten. Ich weiß nicht, wann das sein wird oder wie wir ihn benachrichtigen sollen, ob er es vielleicht von selbst wissen wird; ich weiß nicht, ob er wirklich verschwunden ist oder Dwight ihn nur in seinem Zimmer verloren hat, bis er ihn eines Tages wiederfindet und sagt, er sei zurückgekommen. Aber vielleicht ist er auch wirklich zu diesem Micah geflogen und eines Tages schickt dieser Junge ihn zu uns zurück.

Ich weiß es einfach nicht. Und normalerweise, wenn ich etwas nicht weiß, frage ich Origami-Yoda, ABER DAS KANN ICH JETZT NICHT MEHR!!!!!!

Aber in einer Hinsicht bin ich mir sicher:

„Das Ende nicht dies ist.“

IMPERATOR GURKATINE

ANLEITUNG VON **HARVEY** GEZEICHNET VON KELLEN!!

WIR DANKEN LUNCHMAN JEFF FÜR SEINE FREUNDLICHE GURKENSPENDE

① 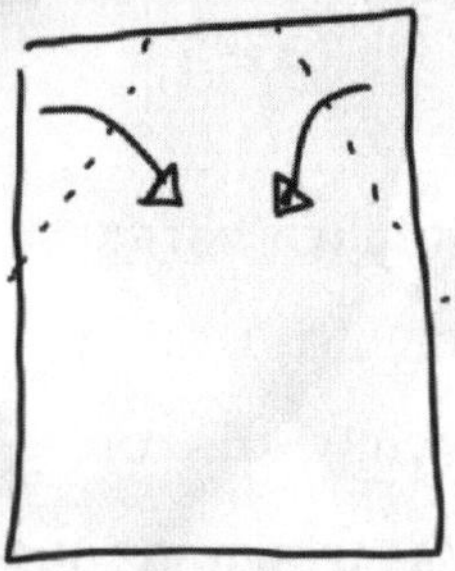

FALZE BEIDE ECKEN NACH UNTEN ...

② 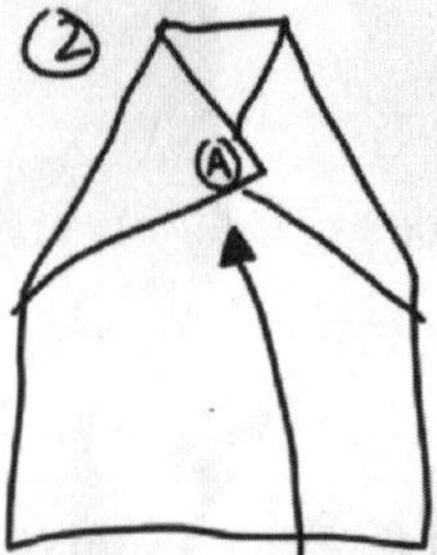

ACHTE DARAUF, DASS SIE SICH BEI (A) EIN BISSCHEN ÜBERLAPPEN

③ 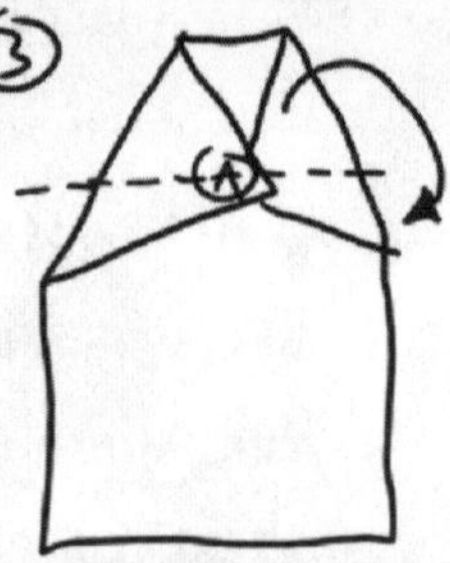

NACH HINTEN FALZEN. ACHTUNG: DER FALZ GEHT DURCH PUNKT (A)

④ 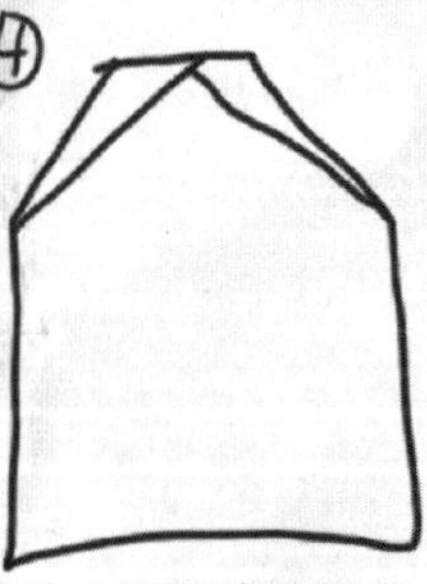

UMDREHEN

⑤ 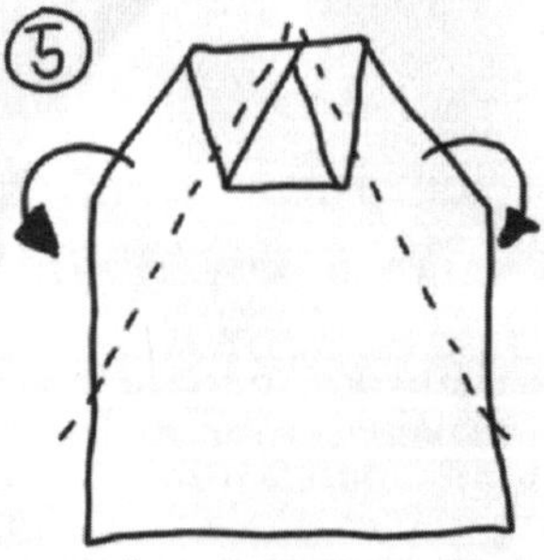

FALZE DIE SEITEN NACH HINTEN

⑥ 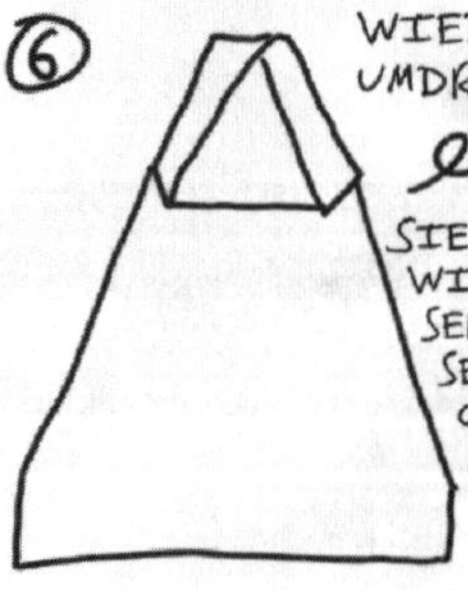

WIEDER UMDREHEN

SIEHT AUS WIE EIN SEHR GROSSER JEDI ODER SITH ...

WIE MAN DAS GESICHT MACHT ...

① 

SUCH DIR ZWEI BOSHAFTE GURKENSCHEIBEN

② 

SCHNEIDE IN EINE DAVON AUGENBRAUEN UND EIN FIESES GRINSEN

③ 

SCHNEIDE VON EINER ROTEN SÜSSIGKEIT ZWEI STÜCKCHEN ALS AUGEN AB, ZUM BEISPIEL VON EINEM WEINGUMMI, EINEM GELEEBONBON, EINEM GUMMIBÄRCHEN O.A.

④ 

SETZE DIE STÜCKCHEN AUF DIE GURKENSCHEIBE

ODER ... MAL EINFACH EIN BÖSES GESICHT AUF EINEN GRÜNEN KREIS

7

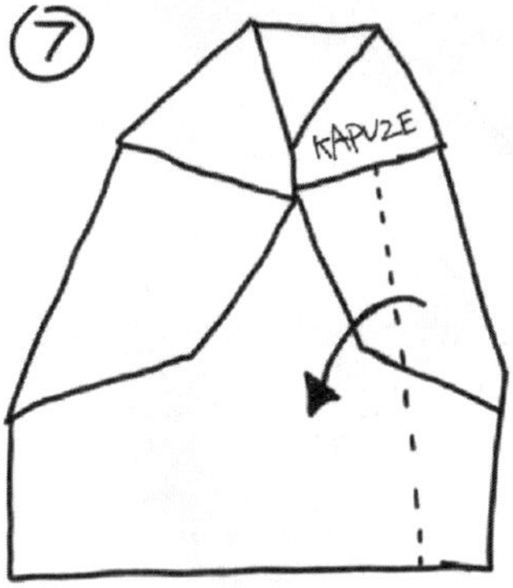

FALZE DIE SEITE DES UNTEREN TEILS NACH VORN – ABER **NICHT** DIE KAPUZE!

8

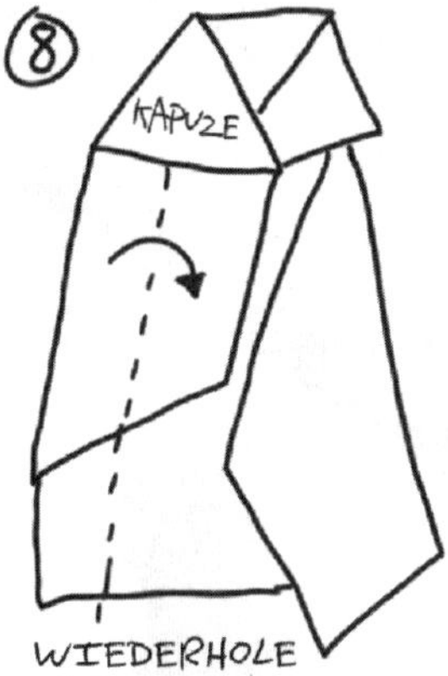

WIEDERHOLE ES AUF DER ANDEREN SEITE

9

FALZE DIE ECKEN HOCH

10

HOCHFALZEN

11

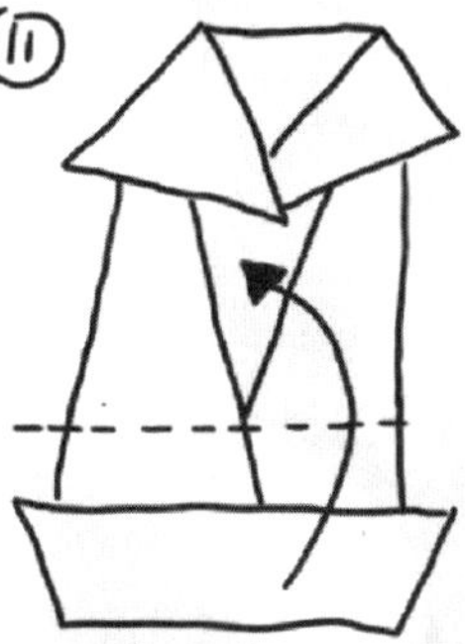

HOCHFALZEN

12

UMDREHEN

13

MUSS NICHT SEIN, ABER DU KANNST HIER ETWAS ZUPFEN UND FUMMELN, UM DIE KLAPPEN ZU VERBERGEN, ODER SIE WEGSCHNEIDEN

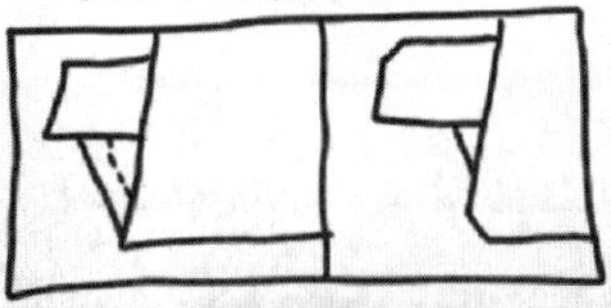

14 GURKENSCHEIBE EINSETZEN!

FÜGE HÄNDE HINZU UND SITH-BLITZE AUS ALUFOLIE!

LUKE, ICH BIN DEIN ... Fliegender DARTH VADER!!

VON HARVEY, GEZEICHNET VON KELLEN

1

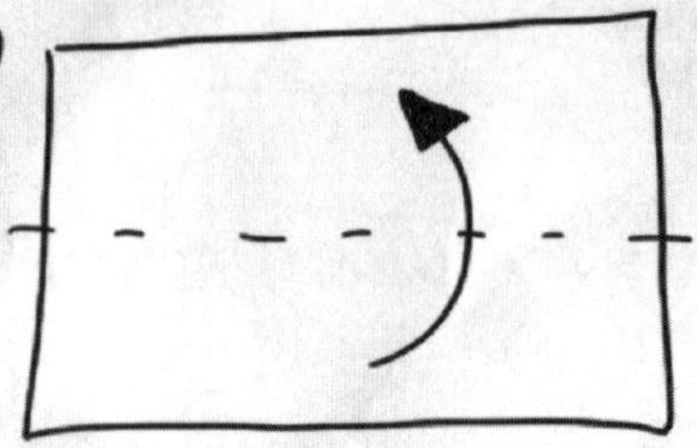

2

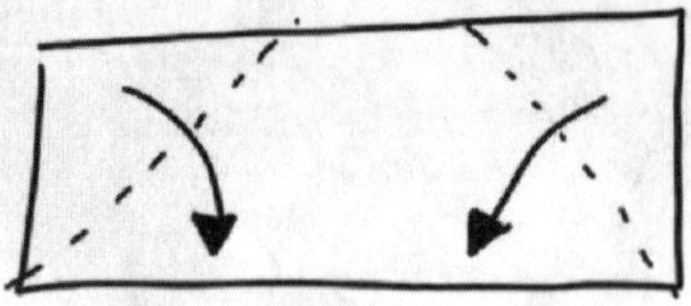

3

KLAPPE NUR DIE <u>OBEREN</u> DREIECKE HOCH

4

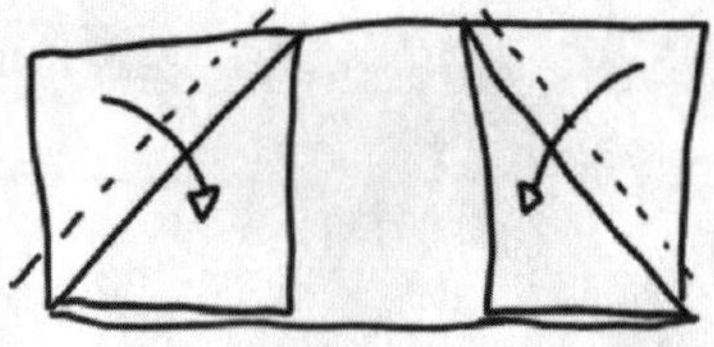

5

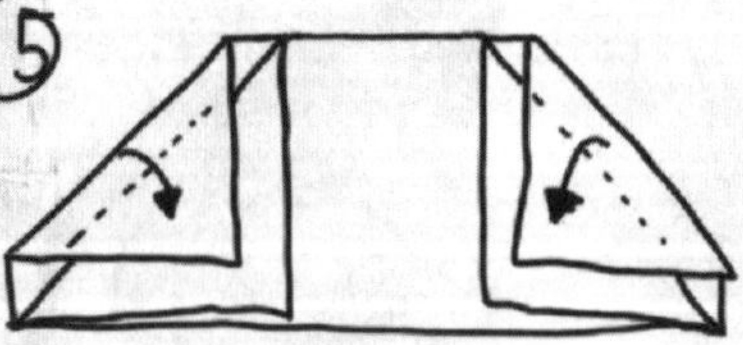

6

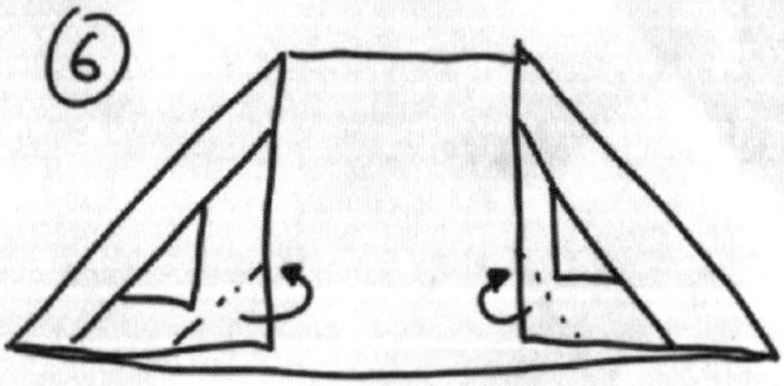

FALZE DIE ECKEN NACH INNEN

7

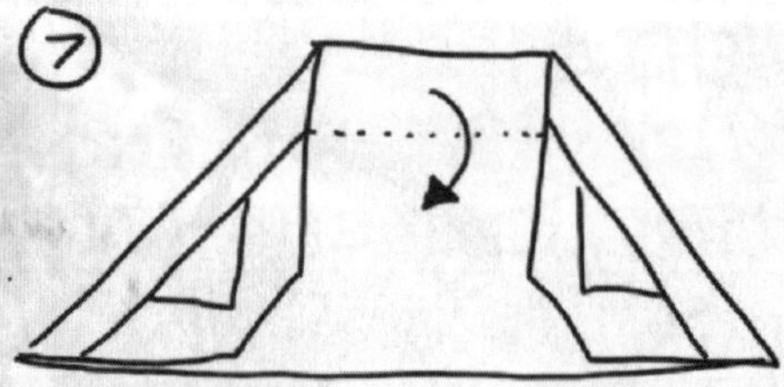

8

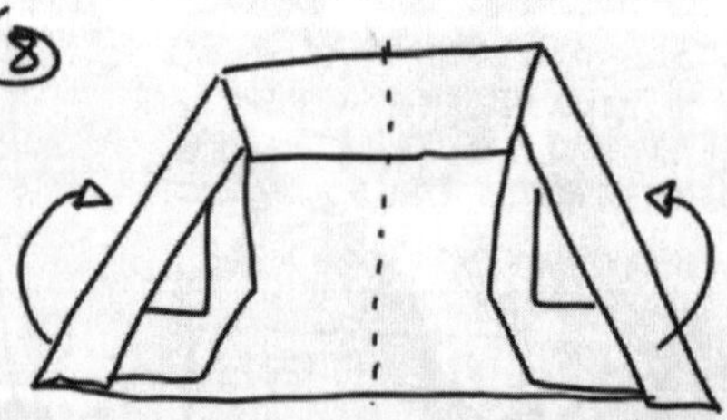

FALZE BEIDE SEITEN ZURÜCK
(DU FALTEST ES IN DER MITTE ZUSAMMEN)

(9)

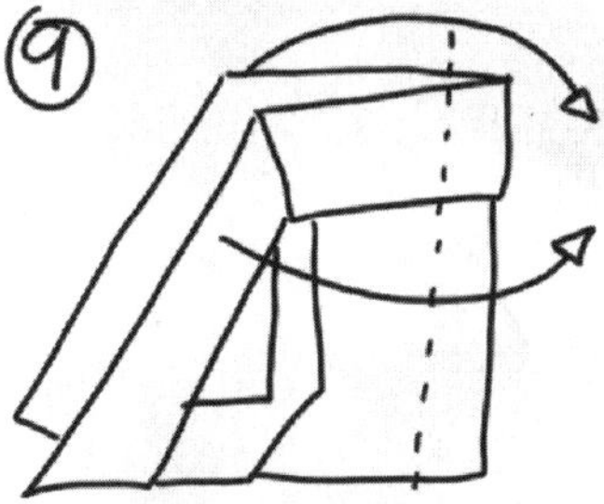

FALZE BEIDE FLÜGEL NACH VORN . . .

(10)

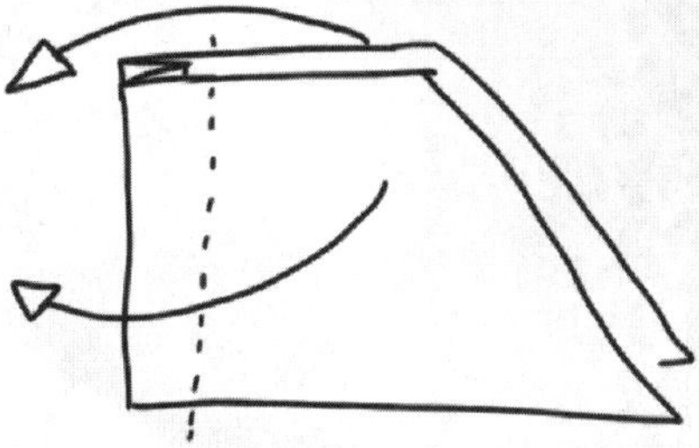

. . . UND DANN AUF EINER NEUEN LINIE WIEDER ZURÜCK

(11)

FALZE DIE FLÜGEL FLACH HERAUS WIE IN DIESER SEITENANSICHT

(12)

ES IST (EINE ART) DARTH!!

(13) WERFEN!!!

ZUR VERBESSERUNG DER FLUGEIGENSCHAFTEN KANNST DU DIE V-STELLUNG DER TRAGFLÄCHEN OPTIMIEREN, INDEM DU DIE FLÜGEL ETWAS ANHEBST

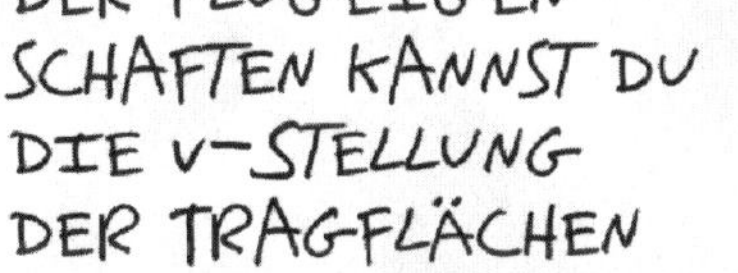

VORSICHT!!!!!!!!!!!

NICHT IN EINEM MUSEUM VOLLER UNBEZAHLBARER HISTORISCHER EXPONATE FLIEGEN LASSEN!!!

DANKSAGUNGEN

Zu diesem Buch und dieser Serie haben so viele Personen beigetragen.

Zunächst die Menschen, die mich zu diesem Buch inspiriert haben, wie George Lucas, Lawrence Kasdan, Tim Curry, Ian Diarmid, Dave Filoni, Matthew Wood, Brian Compton, Fumiaki Kawahata und Eiji Nakamura.

Dann die Menschen, die das Buch tatsächlich haben Wirklichkeit werden lassen, wie Caryn Wiseman, Carol Roeder, Joanne Chan, Chad W. Beckerman, Susan Van Metre, Erica Finkel, Michael Jacobs, Melissa Arnst, Jim Armstrong, Jason Wells, Laura Mihalick und Erica Warshal.

Es gibt Menschen, die mir endlos den Rücken stärken oder einfach nur prima sind oder beides, so wie Linda Petzke, Barbara Bell, Cindy Minnick, Patti Rowland, Michael und Julia Hemphill, Mark Turetsky und meine Eltern, Wayne und Mary Ann Angleberger.

Und dann gibt es noch viel, viel mehr … Buchhändler, Verlagsvertreter, Bibliothekare, Lehrer, Lesespezialisten, Rektoren, der NerdyBookClub und meine Autoren- und Illustratorenfreunde. Allein hätte ich es nie geschafft.

Ich hoffe, dass die Erwachsenen Verständnis dafür haben, wenn ich den Rest dieser Seiten den SuperFalzern widme: Kindern und Jugendlichen, die mir Origami zugeschickt haben, Zeichnungen, Kostüme, Filme und die meisten Star-Wars-Snacks-Witze für Kellens Kritzeleien. Vor allem aber haben sie mich an ihrer Liebe für Star Wars und Origami teilhaben lassen und mich inspiriert, diese Bücher zu schreiben … und die Serie abzuschließen, damit sie wissen, wie sie endet.

Die SuperFalzer …

Ackbar, AgentYoda, Ahsoka, AhsokaTano, Aiden, AJMCCraft, Alatariel, AlekzAndEr, Alex, AlexanderTheCreat, AlexDarth99, AmazingYoda, AnakinLuke, AnakinSkypaper, ARCFives, Ar2D2, Art2D2, Art2D2Artist, Art2MinecraftMan, AustinM, AwesomeEwok, AwesomeGuy0, Awesome11223344, AwesomeJawa

BaconFolder, Ben, BobaFold, BobDiggidy, Bolt, Bruno

C3P01, CPHP, CadFold, Cammy, CaptainAwesome, CathleenK, CaveSpider10, CB, C, Chewie101, Chewy14, Chewy17, ChiefEwokLabelMaker, Chikinnn, ChippySlusher, Clawgami56, Clone, CocoaBean, Collecter, CoolDude167, CommanderCody107, CommanderDiamonds225, ConnorR, Copyright66, Crazo20000, Crisredhat

Dan, DarkinVader, DarkPalkia, DarthCal, DarthCaleb13, DarthFoldius, DarthJasm, DarthJawa, DarthMauT89, DarthNoah, DarthOrigami, DarthP, DarthScissorus, DarthShredder, DarthYoda1717, DarthVaper, DavidTheJedi, Deadpool2325, DeathStar100, Delta4ce, DiegoChina, DITheDog, Dman, DroidStarFighter, DuncanSkyFolder, Dwight

E210, Echo, EdTheBrit, Edwin, Eli2, Elliota380, Embo, EmperorGonkDroid, EpicBoy, EpicOrigami Man, EthanDear, EvangamiYodana, EvanR, Evi1FoldyWan, EvilJawa, EwoksAreAwesome, EwoksAreEpic, Ewok, Ewok03, EwokFolder531

Felix, FerociousApplesauce, FoldedShinobi, FolderDude27,

Foldawan, FoldoFett, FoldingTrooper, FoldOrigamiA11iance, FoldyWan, FoolOfATook, FrancisYodaGuy

Gaines, Galem88, Gandalf, Gavin, GeneralGrievous, Ghostbuster, Gial, Gid, Grant, GravityDefyer, Grievous, Griffenhammer, Griffolder, GusGrissom

Han, Hansel, Harald, Hayden, HaydenSkywalker, Hexagon, HG, Hulk, HyperSpaceChewy

IfoldStuff, IloveStarWars, IluvOrigamiYoda, ImperialGuard, Isabella,

JabbaTheFett, JabbaThePuppett, JabbazPuppet, Jack, JackGolden, Jackowan, JackT, JacobFoldwalker, JangoFett, JangoFett37, JangoFolder5, JarJar99, JarJarDude, JasonXWing, Jawa345, JC, JediCouncilMember, JediDoodler,

JediJoey, JediJutus, JediKnight1234, JediMaster1, JediMattKenobi, JediTrevor, JediWiseSebby, Jeff, Jeongrl, JellyBel1y0414, Jeongrl, Jessenia, JC, J, Jgolumbia, JLSuperFolder, JF0712, JKOrigami, Joshua, JuanA, Judoippon, JuliaCole, JumpingCactus

KingJedi, KingJoel, KirigamiGirl

LandoCalrissian96, LauraFI, LegoCody, LegoGabe, LegoJabba4, Leopard207, LexiStarWars, Liam, Light&Dark, Lizzy266, LoganB, Lou, Lucawampa, Luke, LukeSkyfolder18, LukeSkyfolder221, LukeVader, LuluTheJedi

MaceWindu111116, MaceWindu17, MagicMan, Malak, Mandomaker, Mario4Fan, MassivelyMace, Master, MasterFolder, MasterMax, MasterOfTheCrease, MATH, MattSwuared87, MattWeb2000, Matthewb, MayTheFoldBeWithYu27, Maximus, MaxReboKeys, Mega3, Megabuster, MeganPhred, Michael, MichaelGorFoldo, Minecraft, Moochman, MrGreenWookiee, MrWookieeA299, MudFlapper, MyrMyr, Mystery Nathanation, Neb, Nick05, Nick2627, Nick555533, NickTheNotSoGreat, NinJedi, NoahV

OH_Yoda, ObiJohnKenobi, ObiKalebKenobi, ObiWanKfoldy, OdeYoda, OKOrigami, Origami Buibasaur, OrigamiCaptainRex, OrigamiCdHelps, Origamilawa, Origamiledi, OrigamiJediMaster, OrigamiMan1234, OrigamiMatthew, OrigamiMe,

OrigamiPadawan, OrigamiSeb, OrigamiWarrior87, OrigamiYoda10, OY217, Ozigami

PacBat, PaperDragon, PaperLuigi, Patten117, PauseenP, PercyJackson, Pi, PloKoon23, PloKoon101, PokeFolder2003, Posiedon, Princess, PrincessElla, Proromayev, PurseGirl

QuiFoldCrease, QuiGonlack, QuiGonJoe

RadicalTrack97, Rancorman, RainbowLightsaber, Ramazama2, RealRedFrostSpike, Reproman, RexTheGreat, RexMaximus, R2D2C3PO, R2DMo, RibBQ, RobbieK, Robby, RockFlopper, RyanR

SalaciousCrumb, Salon9, Sarny, SaraLoves2Read, SeanSolo&Carson, SebasTheFolder910, SEEDFolder, SFMGS01, SFOmer, ShaakTi77, SithCollin, Sherlock, SkyVader10, Slappy, SlickSkillet, SnoopyGirl11, SnowAngel, Sonic12012, Sonigami, Spence, SpiderMan777, Spike 1214, Spyrise, SpyTrooper101, StarWars101, StarWarsYoda, StickFigureStudios, Sting251, StookyleDiYoda, StookyLukey, StookyMan100, StookyMaster, StookyNate95, StookyYoda787, StormTrooper, Superfolderethfan, SuperMan, SuperStookynessMan, SuperYodaMan, SWF12

Tanner, TaunTaun, TedComic, TheFoldIsWithYou, TheChosen1, TheYoda, ThunderKicker, Tonigami, TMac13, Tyler, TynamonZ

Ultimate, UltraMaul, Unicorn

Vader, VanJahnke

Wiztron, WookieeFan, WookieeWolf, Wooktent

Xcalibur, XYZ

Yoda565, Yoda8, Yodabird, YodaFett, YodaForce, Yodamaster, YodaMaster223, YodaSF, YodaTheGreat, YodarGreg

Zack, Zod

Besonders möchte ich allen SuperFalzern im Jedi-Rat danken und allen SF, die schon in den früheren Büchern erwähnt wurden. Und allen, die ich übersehen habe. Und allen, die bald schon SuperFalzer sein werden!

Und natürlich muss ich auch Origami-Yoda selbst danken. Er hat schließlich mein ganzes Leben verändert.

Zum Abschluss … danke ich jedem, der mich in dieser Geschichte begleitet hat. Ich hatte so viel Spaß dabei, sie zu erzählen, und ich hoffe, ihr hattet Spaß, als ihr sie gelesen habt.

Möge Die Macht mit euch sein … immer.

ÜBER DEN AUTOR

Tom Angleberger ist der Autor der Origami-Yoda-Serie, einem New-York-Times-Bestseller. Außerdem hat er Fake *Mustache* und *Horton Halfpott* geschrieben, die beide für den Edgar Award nominiert wurden, und *The Qwikpick Papers*. Tom unterhält das von Origami-Yoda inspirierte Blog origamiyoda.com. Er ist mit der Autorin und Illustratorin Cece Bell verheiratet und wohnt in Christiansburg, Virginia.

Dieses Buch wurde von Melissa J. Arnst gestaltet, unter der künstlerischen Leitung von Chad W. Beckerman. Der Fließtext wurde in einer 10-Punkt Lucida Sans Typewriter gesetzt. Die Überschriften sind ERASER. Tommys Kommentare sind in Kienan und Harveys Kommentare in Good Dog gesetzt. Die Handlettern auf dem Cover sind von Jason Rosenstock.

DAS ENDE DIES NICHT IST, HRMMM?